D1865773

Barbara Haltmair

Mein geliebter Jennerwein

Barbara Haltmair

Mein geliebter Jennerwein

Roman

rosenheimer

© 1997 Rosenheimer Verlagshaus GmbH & Co.KG,
Rosenheim

Titelbild: Gemälde von Georg Jennerwein
(Privatbesitz)
Satz: Buch-Werkstatt GmbH, Bad Aibling
Druck und Bindung: Wiener Verlag, Himberg

Der Text des auf S. 147/48 abgedruckten Wildererliedes wurde mit freundlicher Genehmigung entnommen aus dem Liederbuch »Wohlan, so woll'n wir singen – Lieder des Giesinger Viergesangs«, hrsg. vom Bayerischen Landesverein für Heimatpflege e. V., München 1991, S. 10/11.

ISBN 3-475-52884-3

Auf dem hochräderigen Laufwagerl, das, von einem Braunen gezogen, von Schliersee her dem Tegernsee zurollte, saßen drei Leute. Ein älterer Mann und zwei junge Dirndl, alle in der Sonntagstracht. Der Mann war in grauen Loden gewandet, die Mädchen in farbenfroh karierte Spenzer.
Ein frischer Wind ließ die schwarze Mähne des Pferdes flattern. Das Rössl war mehrere Tage nicht mehr eingespannt worden, es war froh, sich bewegen zu dürfen. Bald lag der im Sonnenschein glitzernde See vor ihnen.
Die Dirndln schauten vergnügt drein, denn es hatte sich, wie von selbst, für sie eine Gelegenheit ergeben, in Gmund den Maitanz zu besuchen.
„Vater", sagte das eine der Mädchen, „jetzt sind wir gleich da. Wie machen wir es denn?"
„Ich fahr jetzt weiter nach Hauserdörfl. Euch lass ich vorm Berg absteigen und nach zwei Stunden lad ich euch wieder auf!"
„Ist recht, Vater!"
Nach der Mangfallbrücke fasste der Fahrer die Lenkseile kürzer: „Brr! Bleib stehen, Bräundl!"
Die Dirndln sprangen vom Wagen. Nebeneinander gehend strebten sie der am Hang liegenden Gaststätte zu. Von dem im Wirtsgarten errichteten Tanzpodium waren die Klänge einer Blasmusik zu

vernehmen. Fröhliche, einladende Töne. Dennoch blieb die Blonde mittendrin stehen und sagte zu der Dunkleren: „Du, Nanni, sollen wir überhaupt hinaufgehen? Wenn wir dann recht hocken bleiben?"
„Du gefallst mir, Lisl", erwiderte die Gefragte, „zuerst sagst, dass du in Gmund zum Tanzen gehen willst, und jetzt, weil wir da sind, verlierst du die Schneid!"
„Also, wannst meinst!"
Sie setzten ihren Weg fort. Beim Wirtshaus angekommen, übersahen sie geflissentlich die Hälse, die sich nach ihnen reckten, suchten sich einen Platz und fanden ihn auf der Bank neben dem Eingang zur Gaststube.
Die Kellnerin näherte sich ihnen: „Einen Wunsch?"
Die Mädchen berieten sich und beschlossen, miteinander eine Maß Bier zu trinken. Ihre Befangenheit wich allmählich.
Die Musik, die vorhin zu spielen aufgehört hatte, setzte erneut ein. Vom Nachbartisch erhob sich ein Bursch und kam auf die Dirndln zu.
„Wirst sehn, Nanni, der holt dich!", behauptete Lisl.
„Er kennt mich vom Marktsonntag in Holzkirch her", antwortete die andere. Es klang wie eine Entschuldigung, dafür, dass sie als erste zum Tanz geholt wurde.
„Was ist, Nanni, tanzen wir einen?" Der Bursch machte mit dem Zeigefinger eine kreisende Bewegung.
Das Dirndl folgte ihm quer durch den Garten zur Tanzbühne. Die Musikanten spielten eine schnelle

Polka. Trotz der raschen Drehungen fand Nanni Zeit, nach der Freundin zu schauen. Zu ihrer Erleichterung sah sie die nicht mehr auf der Bank sitzen, also hatte sie auch einen Tänzer gefunden.
In der kurzen Verschnaufpause, die zwischen jeweils zwei Tänzen lag und in der die Musikanten sich die Noten für das nächste Stück zurechtlegten, spazierten die Paare Hand in Hand im Kreis herum. Andere blieben stehen und lehnten sich an die hölzerne Brüstung.
So auch die Nanni und ihr Kavalier. Der Bursch betrachtete seine Partnerin von oben bis unten. Bewundernd pfiff er durch die Zähne: „Hast du neue Schuh an, Nannei? Die, mein ich, haben was gekostet!"
Das Mädchen lächelte nicht ohne Stolz. Der Vater hatte sie ihr gekauft, sie waren wirklich arg teuer gewesen. Sie tat jetzt selbst einen Blick hinunter auf das glänzende, fein ausgenähte Leder.
Bei dem Lächeln waren in ihren Wangen Grübchen entstanden.
Als sie die Augen wieder hob, sah sie außerhalb des Podiums, unter dem Laub der Kastanien, einen Burschen stehen. Ein selten strammer Mensch, so erschien er ihr. So einer, der überall, wohin er auch kam, durch sein schmuckes Aussehen auffallen musste. Und er legte zudem, ohne Zweifel war es so, großen Wert auf ein sauberes Gewand. Die graue Joppe mit den grünen Aufschlägen, der breitrandige Samthut mit dem schneidig nach vorne gerichteten Spielhahnstoß zeigten es.

Nanni spürte mehr als dass sie es tatsächlich sah, dass der andere sie aufmerksam musterte. Auch sie schaute mehrmals hinüber zu der ständig vom Sonnenlicht und Blattschatten umschimmerten Gestalt.
Dem Ländler folgte diesmal ein Tusch, und der Trompeter verkündete: „Wir machen jetzt eine Stunde Pause!"
„Da haben wir es ja gut erraten", schmollte Nanni. „Einmal getanzt, und schon spielen sie nimmer auf!"
„Hast du hernach noch mal Zeit?", fragte der Bursch.
„Ich weiß nicht, ob uns nicht derweil der Vater wieder abholt da", entgegnete das Mädchen.
„Wär schad", meinte er.
Als Nanni an ihren Tisch zurückkam, bemühte sich die Freundin verärgert um ihre Schürzenbänder. Irgendein Spaßvogel hatte sie ihr vorhin, beim Verlassen des Tanzbodens, heimlich gelöst.
„Geh her, Lisl, lass dir helfen!"
Während Nanni versuchte, die Bänder wieder an derselben Stelle zu binden wie vorher, wetterte die Lisl: „So ein Depp, reißt er mir die Bandl auf!"
„Wer ist ein Depp?", fragte hinter ihnen jemand.
Die Mädchen wandten sich nach der Stimme um. Der Bursch, der zuvor unter den Kastanien gestanden war, lächelte Nanni freundlich an. Und wenn er jetzt auch fragte, wer ein Depp sei, er selber fühlte sich bestimmt nicht betroffen.
Er war nicht allein, befand sich in Begleitung eines sommersprossigen Kerls.

„Dürfen wir uns zu euch setzen?“ Sanft und doch auch wieder unternehmungslustig klang die Frage. Der Fesche hatte sie gestellt.
„Warum nicht!“ Die Mädchen nickten und die Burschen holten sich vom Nachbartisch zwei Stühle.
„Die zwei wirken nebeneinander wie ein Eichelhäher neben einem grauen Spatzen“, flüsterte die Lisl der Freundin zu. Sie fügte hinzu: „Du kriegst den Eichelhäher, mir bleibt der Spatz, wie allweil!“
„So ein Schmarrn!“, erwiderte die Nanni. Die Burschen stellten jetzt ihre Stühle hin, der Größere entwand der vorbeieilenden Kellnerin einen Maßkrug. „Da, Dirndl, trink an!“ Er schob den Krug der Nanni hin.
Sie umfasste den Stein mit beiden Händen und tat einen kleinen Zug daraus: „Ich dank dir schön!“
Die Burschen fingen an, die Mädchen ein bisschen auszukundschaften. Bei der Lisl taten sie sich damit schwer, die war nicht gewillt, viel von sich zu verraten. Aber die Nanni erzählte in ihrer freimütigen Art, dass die Freundin und sie von Schliersee seien, und, weil noch nicht ganz achtzehn Jahre alt, sich dort nicht auf den Tanzboden getrauten.
Nanni empfing von der Lisl einen derben Stoß unter dem Tisch. Sie versuchte ihre Füße in Sicherheit zu bringen.
„Der Girgl und ich sind auch von Schliers“, verriet der Sommersprossige.
Girgl heißt er also, dachte Nanni. Georg. Sie wandte sich ihm zu: „Wo bist du da?“

„Ich wohn beim Unterschwaiger zu Westenhofen“, gab er Auskunft.
Nanni wunderte sich. „Jetzt so was!“ Der Hof ihres Vaters lag auch in Westenhofen, nur ein paar Kilometer vom Unterschwaigerbauern entfernt. „Wir haben uns aber noch nie getroffen dort“, stellte sie fest.
„Der Girgl ist nicht leicht zu treffen“, übernahm der andere Bursch das Wort, „er ist die ganze Woch im Holz draußen, er ist ein Holzhacker!“
„Ja, das bin ich!“, bestätigte der Girgl.
„So!“ Nanni warf einen kurzen Blick auf seine Hände. „Das hätt ich mir jetzt nicht gedacht!“
„Du meinst“, entgegnete der Bursch, „weil ich keine dreckigen Nägel hab? Die putz ich mir alle Tag! Ich mag keine schwarzen Fingernägel!“
„Und was tust du?“, wandte sich Nanni an Girgls Kameraden. Gewaltsam versuchte sie ihr Interesse vom Girgl wegzulenken. Und außerdem, der andere musste sich ja zurückgesetzt fühlen, wenn nach ihm und seinem Tun niemand fragte.
„Ich bin auch so etwas wie ein Holzfuchs“, grinste der. „Ich betreib ein Sägewerk!“
Der Girgl fing bei der Erklärung seines Freundes zu lachen an. „Sag nur das auch, Sepp, dass du ein Haus hast!“ Er wiederholte: „Dass du Landhausbesitzer bist!“
Die Mädchen begriffen diese überraschende Lustigkeit nicht, sie schauten sich verständnislos an.
Der Girgl hatte seine zur Faust geballte Rechte auf den Tisch gestemmt und sich nach hinten gelehnt.

Er sah jetzt anders aus, verwegener. Das machte wohl der ein wenig schief stehende Schneidezahn, der durch das Lachen in seinem Mund sichtbar geworden war.
Nach und nach stellte sich heraus, dass es sich bei dem besagten Landhaus des Sepp um ein Sägestüberl handelte, in dem sich die beiden Burschen ab und zu aufhielten und mitunter versuchten, ein paar Mädchen dorthin zu schleppen.
„Da gehen aber bloß Dumme mit“, spottete der Girgl.
Der Sepp schlug sich vergnügt aufs Knie: „Weißt du es noch, letzten Sonntag, wo wir die Sommerfrischlerinnen mitgezogen haben und wo dann die Deinige so z'wider worden ist, weil du ihr kein Bussl gegeben hast!“
„Ich hab Katarrh gehabt“, verteidigte sich der Girgl.
„Katarrh! Gefallen hat sie dir nicht! Ha, ha, geschaut hat die, wie der Aff, wenn's blitzt!“
Nanni hörte der Frotzelei zu. Sie spürte eine unbestimmte, still strömende Freude in sich, als sie vernahm, dass der Bursch der Unbekannten kein Bussl gegeben hatte.
Aber etwas Ärgerliches haftete dem Gespräch trotzdem an und ließ es stocken.
Der Girgl leerte seinen Krug. „Geht's weiter“, sagte er, „machen wir einen kleinen Spaziergang zum See hinunter. Da können wir uns auch unterhalten!“
Beide Burschen redeten mit Nachdruck auf die Dirndln ein, damit die den Vorschlag annähmen.

„Nein, das geht nicht“, erwiderte die Nanni bestimmt, „am End täten wir den Vater verfehlen!“
„Geh weiter“, sagte der Girgl draufgängerisch, „den sehen wir doch daherfahren! Von weitem schon!“
„Jetzt ist er da!“, rief die Lisl aus und deutete auf Nannis Vater, der mit dem Rössl eben in den Hof einbog.
Die Dirndl sprangen von der Bank auf. „Wir müssen heim! Behüt euch Gott!“
„Behüt Gott auch!“ Der Abschied ging schnell. Schon saßen die Mädchen auf dem Fuhrwerk droben. Nanni schaute sich noch einmal um. In lockerer Haltung stand der Girgl unter dem Türstock und sah ihr nach.
Wieder wurde die Mangfall überquert. Die Nachmittagssonne verstreute große, silbern blinkende Sterne auf ihren Wellen.

❦

Ein lauer Abend hatte Nanni aus der Stube heraus auf die Hausbank gelockt. Sie hatte eine kleine eiserne Kassette auf dem Schoß und bemühte sich, sie zu öffnen.
„Mutter“, rief sie ins Haus hinein, „komm halt heraus, ich bring die Kassette nicht auf!“
„Du Mühsam du!“ Nannis Mutter erschien unter der Türe und setzte sich neben ihre Tochter. „Schau

her! Du musst den Eisenlappen vor dem Schloss auf die Seit schieben und zugleich den Deckel hochheben, dann springt er auf!"
Nanni suchte aus dem Schmuck, der sich in der Miniaturtruhe befand, die silbernen Filigrannadeln heraus. „Mutter, schenkst du mir die?"
„Warum nicht? Ich brauch sie nimmer!", antwortete die Frau. „Die paar Mal im Jahr, wo ich noch wohin komm, da tut es auch die Haarspang!"
„Vergelt's Gott, Mutter!"
„Brauchst mir nicht zu danken, Kind, hättest sie allweil gekriegt, wenn ich nimmer bin!"
Das Mädchen schüttelte unmutig den Kopf. Müssen die älteren Leut immer vom Sterben reden? Sie selber dachte keinen Tag, keine Stunde daran. Ein Leben, das ist doch unendlich lang!
Nanni hatte damit begonnen, sich die feinen Silbernadeln in den Haarknoten zu stecken. Sie hatte im Sinn, sich hernach damit im Spiegel zu betrachten.
„Räum die Kassettn weg, da kommt einer!", flüsterte die Bäuerin in Hast.
Ein Mannsbild kam auf dem Wiesenweg, der von der Straße zum Hof heraufführte, dahergegangen. Der Näherkommende hatte eine kurze Hose an, die nackten Knie hoben sich deutlich von dem dunklen Leder ab. Die Waden umschlossen grün ausgenähte Musterstrümpfe.
Nanni erkannte ihn. „Der Girgl ist's!" Sie glitt von der Bank und ging ihm entgegen.
„Bleib doch da!", mahnte die Mutter. „Möchtest ihm nicht noch entgegenlaufen auch?"

Das Dirndl hörte nicht darauf. Die Freude über den unverhofften Besuch war stärker als die Worte, stärker als alles Überlegen und Denken.
An der Schlierachbrücke trafen sie aufeinander.
„Grüß dich!“, sagte die Nanni.
„Grüß dich!“, so er. In beider Augen leuchtete die Wiedersehensfreude auf. Nebeneinander stiegen sie die kurze Anhöhe hinauf.
„Mutter, das ist der Girgl! Weißt schon, einer von den Burschen, die wir beim Maitanz in Gmund drüben kennen gelernt haben!“
Die Bäuerin lächelte den Girgl freundlich an und rückte auf der Bank zur Seite hin. „Hock dich nur her!“
Der Bursch setzte sich. Er tat gelassen, aber seine Blicke folgten jeder Bewegung des Dirndls.
„Wie hast du hergefunden zu uns?“, fragte die Nanni.
„So viel Höf sind auch nicht da in Westenhofen, in denen ein junges Dirndl ist, das Nanni heißt“, antwortete er schmunzelnd.
Nanni errötete. Er hatte also nach ihr herumgefragt. Heimlich stellte sie fest, dass ihr das kein bisschen unangenehm war.
„Ich glaub, dass er ein Bier mag“, sagte die Mutter jetzt.
Die Nanni schaute ihn abwartend an. Er nickte. Sie ging ins Haus und kam mit einer Flasche Bier und einem Krug zurück.
Der Bursch hielt ihr ein Geldstück entgegen. Nanni wehrte lächelnd ab. „Brauchst es nicht bezahlen!“

Dankend neigte er den Kopf. Die Freude über das Geschenk war ihm anzusehen.

Die Sonne war schon längst hinter dem Huberspitz untergegangen, das Tal lag im Abendschatten. Das Gras, das in Mahden unter den blühenden Obstbäumen lag, roch frisch.

Von der Schattenseite des Hofes her hallte der helle Schlag eines Dengelhammers.

Nannis Mutter hatte den Burschen nach seiner Herkunft und seinem Verbleib gefragt und das Dirndl hörte gespannt auf seine Antworten.

„Ich hab den Siebziger-Feldzug mitgemacht", erklärte er. „Im Krieg draußen ist der Hofberger Markus, der Unterschwaiger, mein bester Spezl gewesen. Im Januar ist der ganze Krampf gar geworden und im Frühjahr drauf hab ich meinen Kriegskameraden aufgesucht. In Schliers, in den Bergen herinnen, hat es mir gleich sakrisch gut gefallen. Viel besser wie z'Gelting draußen, wo ich daheim bin!"

„Und dann hast du den Unterschwaiger g'fragt, ob du bei ihm bleiben kannst", mutmaßte die Nanni.

„Der Markus hat es mir im Krieg draußen schon ein paar Mal angetragen gehabt, dass ich jederzeit bei ihm logieren kann, wenn's mir daheim nimmer passt!"

Der Girgl hatte das Ganze mit Entrüstung hervorgestoßen. Er war also in der Beziehung scheint's recht empfindlich. Er wollte nicht als Bittsteller gelten, wollte als ganzer Kerl dastehen, der auf niemandes Hilfe angewiesen ist.

Nanni beschloss im Stillen, ein nächstes Mal vorsichtiger in ihren Reden zu sein.

Ein junges Bürscherl, ein halbes Kind noch, lief über das Feld aufs Haus zu und ging mit kaum wahrnehmbarem Gruß zur Türe hinein.
Die Bäuerin erhob sich und ging dem Buben nach: „Ich muss schaun, dass er sich abwäscht, ehe er ins Bett steigt“, sagte sie seufzend.
„Was war das für ein Löffl?“, wollte der Girgl wissen.
„Das ist unser Dienstbub“, erklärte Nanni, „der Hardl! Er bleibt nur so lang noch bei uns, bis er mit seiner Lehr anfangen kann. Er möcht Zimmerer werden!“
„Hat er da z'Schliers eine Lehrstell?“, erkundigte sich der Girgl.
„Nein, in Tölz drobn!“

Die zwei hatten bei ihrer Unterhaltung nicht bemerkt, dass der Laut des Dengelhammers verstummt war. Jetzt stand der Bauer vor ihnen. Er hatte die verschränkten Hände auf den Sensenstiel gestützt. Das Sensenblatt lag einer Sichel ähnlich im Gras. Er musterte den abendlichen Besuch. „Wo kommst du her?“
Der Bursch wies mit dem Kinn gegen Südwesten: „Beim Unterschwaiger wohn ich! Daheim bin ich in Gelting!“
„Gelting, das ist im Wolfratshauser Bezirk“, wusste der Bauer und er setzte hinzu: „Von da draußen

möcht ich keine Kuh in meinen Stall tun. Die haben ja alle kein gescheites Gehwerk!“
„Vater“, sagte Nanni, „das darfst du nicht sagen!“ Sie hatte aus der Bemerkung eine leise Feindseligkeit gegen den Burschen herausgehört und wollte ihm zur Hilfe kommen.
„Dein Vater hat schon recht“, fiel ihr der Girgl ins Wort. „Eine Almkuh hat schon ganz andere Haxen wie eine Stallkuh. Sie kraxelt nicht umsonst jeden Sommer auf den Bergen herum!“
Auch wenn der Girgl dem Bauern nach dem Mund geredet hatte, ließ der Alte nicht locker: „Und nicht bloß das! Bei uns wachst auch eine viel bessere Fütterei wie da draußen, wo so viel Sumpfland ist. Ich sag's, wie's ist, ich tät die Leberegel fürchten bei eurem Vieh!“
Der Girgl schmunzelte: „Kann sein. Aber ich hab nichts zu tun mit dem Rindvieh. Ich arbeit im Holz!“
Eine Ehre hob der Bursch keine auf bei dem Bauern. Nannis Vater gingen seine Kühe über alles. Er achtete darauf, dass alle die gleiche Farbzeichnung hatten, weichselbraun, und ein helles, gleichmäßig nach oben geschwungenes Hörndl.
Der Bauer nahm seine Sense und trug sie hinüber zum Schuppen. Dort hängte er sie unter das niedere Dach an die Bretterwand. Ohne sich weiter um die jungen Leute zu kümmern, ging er ins Haus.
„Jetzt wird's frisch“, sagte Nanni und nahm die Arme eng an den Leib.
Der Girgl zeigte auf die Anhöhe hinter dem Hof.

„Da oben scheint die Sonn noch hin, da wär's noch wärmer." Er nahm die Nanni bei der Hand: „Gehen wir hinauf?"
Sie nickte. Am Hausgarten vorbei – hinter seinem Zaun standen in Büscheln Vergissmeinnicht – stiegen sie bergan.
„Wir müssen noch weiter hinauf", erklärte er ihr, „sonst haben wir bald wieder keine Sonn mehr!"
Weit oberhalb des Hofes, die Kirchtürme von Schliersee und Westenhofen lagen unter ihnen, zog er sie zu sich herab, dass sie sich zu ihm setze.
Er hatte seine Joppe ausgebreitet, sie saß zwischen seinen weit gespreizten Knien und ihr geblümter Rock lag wie eine runde Wolke auf den Gräsern.
Der Girgl langte nach ihrer kleinen Hand, sie überließ sie ihm. Doch dann fielen ihr ihre silbernen Haarnadeln ein. Hatte sie die am End beim Gehen verloren? Sie hob den bloßen Arm und prüfte nach. Nein, sie waren noch vollzählig da.
Bei der jähen Bewegung war sie mit dem Ellenbogen an ihn gestoßen. Sie erschrak und auch der Bursch schien verlegen. Aber er fasste sich rasch, nahm sie bei den Schultern und zog sie nah an sich heran.
Dann gab er ihr ein Bussl.
Sie lächelte: „Hast du heut keinen Katarrh?"
„Wieso Katarrh?" Dann begriff er. „Ach so! Nein, heut nicht!"
Die Bussl, die er ihr gab, schmeckten Nanni immer besser. Mittendrinnen aber wehrte sie seine Zärt-

lichkeiten ab. Ernst geworden sagte sie: „Girgl, ich weiß nicht, was alles kommt! Aber wenn ich mit dir etwas anfang, dann musst du mir eines versprechen. Du musst allweil ehrlich sein, darfst mich nie umsonst hoffen oder warten lassen. Das ist das Einzige, was ich verlang von dir!"
Er nickte.
Es dunkelte an, das Blau des Himmels und das Blau der Berge verschwammen ineinander.
„Ich muss gehen!" Sie sprang auf. „Sonst krieg ich geschimpft!"
„Wart doch", bat der Bursch, „wir haben ja noch nichts ausgemacht, wann und wo wir uns wieder treffen!"
Nanni überlegte, kam zu keinem Entschluss. Sie hatte es ja vorhin erlebt, dass der Vater es nicht gern sah, wenn der Girgl kam.
„Ist es dir lieber, wenn wir uns in Westenhofen oder in Schliers irgendwo sehn? Sag's halt!", drängte er sie.
„Aber wo?"
„Das musst du wissen", meinte er, „ich kann überall hingehn!"
„Dann bei der Kirch", schlug sie ihm vor. „Da kann ich so tun, als ob ich das Gras richten tät!"
„Und an welchem Tag? Um wie viel Uhr?"
„Am Samstag um acht!"
Beim Abschied drückte er sie noch mal an sich. Sie spürte die harten Hirschhornknöpfe seiner Joppe an ihrem Leib, das tat sogar ein bisschen weh. Ein Schmerz, den sie gern ertrug.

Das Haus lag bereits im Dunklen. Nanni betrat ihre Schlafkammer. Ihre Wangen glühten, ihr Mund brannte, ihr Herz pochte hart.

❦

Es war eine Seltenheit, dass der Bauer, seine Bäuerin und der Dienstbub, der Hardl, gemeinsam das Haus verließen.
Am Samstag Abend geschah es. Der Bauer hatte die Absicht, von den Freudenreich-Höfen einen Stier zu kaufen. Seine Frau wollte dabei sein, sie hoffte auf einen Ratsch, und der Hardl durfte mit, da er das Stierl heimweisen konnte.
„Pass gut aufs Haus auf!“, mahnte die Bäuerin ihre Tochter. „Und schau manchmal in den Stall hinaus, die Weichs richtet zum Kälbern an!“
„Ja“, sagte das Dirndl einsilbig. Sie konnte es kaum erwarten, bis die Ihren endlich draußen waren.
Nanni schaute den Weggehenden eine Zeit lang nach, ob nicht doch noch mal eines von ihnen umkehrt, weil es etwas vergessen hat oder sich im letzten Moment zum Daheimbleiben entschließt.
Wie viel Uhr ist es jetzt? Es war erst sieben.
Ihre Hände flatterten, als sie die Knöpfe an der Strickjacke zumachte. Der Schlüssel fiel klirrend zu Boden, sie hob ihn auf, versuchte sich zur Ruhe zu zwingen.
Mehrmals vergewisserte sie sich, dass die Haustür

richtig zugesperrt war, dann ging sie den Bach entlang der Westenhofener Kirche zu.
Die wilde Rose am Weg, sie sah sie und sah sie nicht, zu groß war die innere Unruhe.
Von der Kirchturmuhr schlug es halb acht, als sie sich vor dem Grab auf die Knie niederließ und mit dem Kratzerl, welches stets im Efeu verborgen lag, die Erde lockerte. Ganz genau nahm sie es mit ihrer Arbeit.
Dass eine halbe Stunde so lang sein kann?
Rasselnd holte die Kirchturmuhr zum Schlag aus. Drei viertel acht! Wenn nur niemand daherkommt, fürchtete Nanni.
Nein, es kam niemand, aber das Dirndl hatte die Nerven nimmer, noch länger hier zu verweilen und mit dem ohnehin gerichteten Grab herumzutun.
Sie verbarg das Werkzeug wieder im Efeu, verließ den Friedhof und ging den Weg, den sie gekommen war, langsamen Schrittes zurück. Sie hatte Ihr Daheim fast erreicht, als vom Turm acht Schläge ertönten.
Nanni ließ sich auf die Hausbank nieder. Sie schaute zu, wie die Brecherspitze und die benachbarten Berge im Abendlicht erglänzten und der Himmel zartestes Blau bekam. In dem hellen, seidigen Blau funkelte ein Sternlein. Der Flieder duftete.
Ein starkes Bedauern kam sie an. So ein herrlicher Abend! Und so sinnlos dazu!
Sie ging hinter zum Stall. Die Weichs, nein, die tat noch nichts dergleichen, sie stand ruhig in der Einstreu.

Nanni kehrte zur Bank zurück. Eine Stunde verging, da kam in der hereinbrechenden Dämmerung eine einsame Gestalt aufs Haus zu. Langsam, Schritt für Schritt. Um dann unter dem Lindenbaum stehen zu bleiben.

Nanni fühlte, wusste, es war der Girgl.

Diesmal ging sie ihm nicht entgegen, statt dessen holte sie einen brennenden Kienspan aus der Küche und gab ihm damit ein Feuerzeichen. „Ich bin daheim und warte auf dich!“, sagte es.

Der Bursch verstand die Botschaft, er setzte sich wieder in Bewegung, kam näher und stand vor ihr.

„Grüß dich!“ Ihre ganze, tiefe Freude, ihre Erleichterung, schwang in ihrer Stimme mit.

„Grüß dich auch! Warum bist du denn nicht vorn gwesn bei der Kirch?“

„Ich war ja dort!“, gestand sie, „aber ich war viel zu früh dran und dann hab ich auf einmal nimmer bleiben können, vor lauter Angst!“ Sie legte ihm beide Hände um das Gesicht. „Aber jetzt bist du da!“

Ach, sie war ja so stolz auf seine Schneid, seine Zuversicht, sein Selbstbewusstsein. Jeder andere wäre, wenn sein Dirndl nicht zum Stelldichein gekommen wäre, heimgegangen. Er nicht! Er hatte an sie geglaubt und auch an sich selbst.

„Wo sind denn deine Leut?“, wollte er wissen.

„Die sind hinaus zu den Freudenreich-Höfen, einen Stier kaufen.“

Der Girgl lachte leise auf. „Die haben Recht gehabt!“, sagte er.

Das Paar hatte sich verliebt bei den Armen gefasst, wiegte sich so. Nanni schaute ihn wegen seiner Keckheit begeistert an. Wenn das die Meinen hören täten, dachte sie.
Der Kienspan brannte noch immer, es war völlig windstill.
„Du hast so schöne Haar!“, sagte sie unvermittelt.
„Du hast ja auch schöne!“, erwiderte er.
Stimmt das?, dachte Nanni. Gesagt hatte es ihr noch niemand.
Sie betrachtete jetzt eingehend die seinen. Er hätte als blond bezeichnet werden können, aber das Haar hatte einen metallischen Glanz, durch den es dunkel wirkte.
„Es ist schon sonderbar“, sagte Nanni, „die Lisl und ich haben fast gestritten wegen deiner Haarfarb. Sie hat gesagt, du wärst nicht blond, und ich hab gsagt, schon!“
„Die mit den Dacklhaxen?“, fragte der Girgl.
„Dann hab ich auch Dacklhaxen“, nahm Nanni die Freundin in Schutz.
„Du nicht!“, sagte er bestimmt. „Du hast schöne Füß!“
„Wie möchtest du das wissen?“
„Geh weiter!“ Dieses „Geh weiter“ hatte sie schon des Öfteren gehört von ihm. „Da schau ich doch als Erstes hin!“
Nanni schwieg. Das war das zweite Kompliment, das er ihr an diesem Abend machte. Aber würde er an ihr auch bald etwas finden, was ihm nicht gefiel? Und dann darüber spotten?

Der Bursch räumte ein: „Sie kann ja nichts dafür, dass sie krumme Füß hat, es ist mir halt so rausgerutscht. Musst nicht alles so ernst nehmen, was ich sag!“

Nanni atmete heimlich auf. Sie war ihm dankbar für seine um Vergebung bittenden Worte, machten sie doch das vorherige Unrecht wieder gut.

Er setzte sich auf die Hausbank, zog sie auf den Schoß.

Aus dem Stall drang ein dumpfes Muhen.

„Die Weichs!“, rief die Nanni erschrocken. „Ich muss schnell nachschaun, ob sie ihr Kalb kriegt!“

„Ich geh mit!“

Nanni lief eiligst hinter zum Stall. Die Weichs hatte bereits gekalbt, das Junge lag hinter der Kuh. Nanni holte einen Kübel voll kaltes Wasser und schüttete es dem Neugeborenen über den Kopf, um so seine Lebensgeister zu wecken. Das Kälbchen schlug mit den Beinen um sich und versuchte aufzustehen. Es gelang ihm aber noch nicht.

Das Dirndl zog das Neugeborene an seinen vier Füßen vor zu seiner Mutter Kopf. Die Weichs stieß besorgte Laute aus und begann ihr Kind abzulecken.

Der Bursch hatte ihr bei der Arbeit zugeschaut. Als sie sich jetzt in einem Holzschaff Hände und Arme wusch, sagte er zu ihr: „Ich weiß einen Hof, den könnten wir pachten!“

Nanni schaute ihn stumm an. War das schon so etwas wie ein Antrag?

Stimmen wurden draußen in der Dunkelheit laut. Dann wurde die Stalltür aufgestoßen.
Der Hardl führte an einem Strick einen jungen Stier herein. Hinter ihm kam der Bauer mit einem Stecken in der Hand. Als Letzte die Mutter mit der Laterne.
Einen missbilligenden Blick warf der Bauer auf den Girgl. Dann fuhr er die Tochter an: „Du hast ja das Kalb nicht saufen lassen!“
„Es hat bis jetzt noch gar nicht stehen können“, verteidigte sich das Mädchen. „Ich hätt es schon noch getan!“
„Jetzt bin ich selber da!“, gab der Bauer unwirsch zurück.
Der Girgl trat zur Nanni und gab ihr die Hand: „Ich lass mich bald wieder sehn!“
Sie lächelte ihn ein wenig wehmütig an. Ich kann nichts dafür, dass der Vater so grantig ist, das wollte sie damit sagen.
In ihren Augen las er es, wie ungern sie ihn scheiden sah. Freilich, es musste sein.
Nachdem sich der Bursch entfernt hatte, fragte der Bauer gereizt: „Was tust denn allweil mit dem Bazi da?“
„Hardl, du musst den Stier noch wassern“, sagte die Bäuerin.
Der Bursch stellte dem Tier ein Schaff Wasser in den Barren. Vor Durst und Ungestüm drückte und riss ihm der Stier das Holzschaff aus den Händen und verschüttete einen Teil von dem Nass.
„Herrschaft noch einmal, muss man denn alles selber tun?“, schrie der Bauer voller Zorn.

Nanni war froh, dass der Girgl nimmer da war. Was hätte der sich gedacht?
Sie suchte ihre Schlafkammer auf, fand aber lange keine Ruhe.
Einen Bazi hatte der Vater den Girgl geheißen. Ein Schimpfwort mit vielen Bedeutungen. Unzuverlässigkeit, Aufschneiderei, Arbeitsscheu, alles Eigenschaften, die den Bazi kennzeichnen. Aber woher nahm der Vater das Recht den Burschen so zu nennen?
Nanni sah im Geiste beide Männer vor sich. Den jungen mit seinem glücklichen Lachen im Gesicht, den Vater, alt und halsstarrig. Und wahrscheinlich auch noch ungerecht?
Andererseits, die Jahre her hatte es sich immer wieder bewiesen: Meistens hatte der Vater Recht gehabt mit seinen Ansichten. Dennoch, musste er dem Girgl gegenüber gleich so grob sein?
Nanni versuchte ihre Gedanken zu ordnen. Was war bisher schon geschehen? Wie oft hatten sie und der Girgl sich gesehen? Das erste Mal in Gmund und zweimal war er da auf dem Hof gewesen. Dreimal also! Und trotzdem, was wusste sie von ihm? Von seinem Vater, seiner Mutter, seinem Daheim? Ob er Geschwister hat?
Das Dirndl nahm sich vor, den Burschen bei der nächsten Gelegenheit nach alldem zu fragen.

„Am Samstag auf d'Nacht um 10 Uhr unten bei der Bruckn": Mehr stand nicht auf dem Zettel, den Nanni am Donnerstag in der Früh im Flügel ihres Kammerfensters eingeklemmt fand.
Die Botschaft war auf den Rand einer alten Zeitung geschrieben, ohne Namen, ohne Unterschrift des Absenders. Mit steilen, schnörkellosen Buchstaben.
Nanni konnte es sich denken, wer diesen „Brief" geschrieben hatte. Der Girgl!
Sie verbarg den Zettel in der bemalten Truhe im Oberstock. Verbrennen wollte sie ihn nicht, sie wollte ihn als Andenken bewahren. Waren es doch die ersten, und – wer weiß? – vielleicht die letzten Zeilen aus seiner Hand, die sie zu Gesicht bekam.
Aber warum hatte der Girgl nicht ans Fenster geklopft? Nach einigem Nachdenken fiel es ihr ein. Er wusste ja nicht, hinter welchem sie schlief. Mit dem bloßen Hinstecken des Zettels hatte er nicht viel riskiert.
Am Samstagnachmittag bügelte Nanni auf dem Küchentisch Wäsche. Sie warf einen heimlichen Blick zur Uhr hin, so verstohlen, als ob sie einen Beobachter zu fürchten hätte. Dabei war sie allein im Haus. Die anderen werkten in der Tenne oben.
Fünf Uhr! Noch fünf Stunden! Verzagtheit überfiel sie, sie hatte auf einmal Angst, von ihrem Vorhaben abgehalten zu werden.

Nanni stellte das mit Glutbrocken gefüllte Eisen am Herdrand ab.
Ihre innere Unruhe wuchs. Die Mutter mit dem äußerst wachsamen Auge, sie wird am ehesten Verdacht schöpfen, wenn sie, Nanni, ihr schlechtes Gewissen nicht besser zu verbergen weiß.
Das Dirndl entschloss sich zu einer Lüge: „Ich geh noch ein bisserl zur Lisl“, sagte es nach der Stallarbeit.
Wie üblich kamen Einwände: „Ich hab mir gedacht, du tätest heut endlich deine Strümpfe fertig stricken!“
„Das tu ich morgen“, versprach die Nanni. Sie war bereits bei der Tür draußen.
„Bleib nicht recht lang aus!“, rief ihr die Mutter nach.
Als Nanni das erste Wegstück hinter sich gebracht hatte, atmete sie auf. Entronnen! Fürs Erste entronnen! Sie hätte jauchzen und springen mögen, doch sie ging gemäßigten Schrittes, sie konnte vom Haus aus noch gesehen werden.
Ihre Freundin, die Lisl, war bei einem großen Bauern in Hausham Magd. Der Bauer und seine Frau saßen allein in der Küche.
„Ist die Lisl noch im Stall?“, fragte Nanni nach dem Grüß Gott.
„Die ist gar nicht da“, erwiderte die Bäuerin, „sie ist wallfahrten gegangen nach Birkenstein!“
„Was?“, wunderte sich die Nanni. So fromm kannte sie die Freundin gar nicht.
„Sie betet um den Kindersegen“, spöttelte Lisls Dienstherr.

„Alles ist lustiger wie das Arbeiten“, setzte die Frau säuerlich hinzu.
„Dann sagt ihr halt einen schönen Gruß von mir und dass ich ein anderes Mal komm!“
Nanni hatte das Gefühl, es liefe alles wie am Schnürchen. Sie hatte es sich im Hergehen schon überlegt, ob sie die Freundin in ihr Vorhaben einweihen solle. Vielleicht hätte die Lisl darauf bestanden sie heimzubegleiten.
„Du, wart ein wenig!“, schrie der Bauer dem Mädchen nach.
„Was ist?“
„Kannst du keinen jungen Hund brauchen?“
Nanni zögerte mit der Antwort. Sie hatten daheim noch nie einen Hund gehabt.
„Wo ist er denn?“, fragte sie.
„Noch ist er bei seiner Mutter im Bauch drin“, erwiderte der Bauer fröhlich.
Er pfiff durch die Finger und schon kam eine pechschwarze Neufundländerhündin um die Ecke gerannt. Der Bauer kraulte das schöne Tier. „Bis in etlichen Wochen sind sie da, die Jungen. Ich schau aber allweil schon frühzeitig zu, dass sie alle einen guten Platz finden!“
„Da muss ich schon zuerst daheim anfragen“, entgegnete Nanni, „nicht, dass es denen dann doch nicht recht ist.“
„Wer lang fragt, geht lang irr!“, meinte der Bauer. „Das hat meine Mutter oft gesagt.“
Nanni lächelte. „Da ist etwas Wahres dran! Aber jetzt gut Nacht! Und der Lisl einen schönen Gruß!“

Dem Dirndl pressierte es jetzt. Sie hatte sich zu lange aufgehalten. Der Girgl, er wartet!
Regenwolken hatten den Himmel überzogen, deshalb war es heute eine Stunde eher dunkel geworden wie sonst um diese Zeit.
Der Girgl wartet! Oder wartet er nicht? Während des Vorwärtshastens kamen Nanni Zweifel. Konnte sie dem Burschen vertrauen? Seinem Wort, seinem Versprechen, er würde kommen?
Ihr Vater mag den Girgl nicht. Er hat ihr Misstrauen eingeflößt gegen den Burschen. Ob sie das jemals ablegen kann?
Wenn er heut da ist, dachte die Nanni, dann glaub ich daran, dass er immer wieder kommt.
Ja, wenn! Aber was tu ich, wenn er nicht da ist?
Nanni sah in ihm einen äußerst begehrenswerten Menschen, seine schneidige Erscheinung, seine Art, sein Auftreten hatten es ihr angetan. Sogar seiner Stimme horchte sie freudigst nach. Bei manchen Menschen, so überlegte sie, passt einfach alles zusammen. Dass sie selber auch lieb aussah, das dachte sie nicht. Nicht mehr!
Ein Räuspern, es kam aus dem Schatten eines Holzstapels, ließ sie zusammenschrecken. Im nächsten Augenblick trat der Girgl auf sie zu und legte ihr seinen Arm um die Schultern. „Hast du mich nicht gesehen?“, fragte er sie.
„Nein, im Dunkeln nicht!“
„Ich dich schon!“ Er fügte hinzu: „Ich wart ja auch schon eine Zeitlang!“
Das hatte ein ganz klein wenig nach Vorwurf ge-

klungen. Sie drückte seine Hand. „Jetzt bin ich ja da!"
Aus der Krone der nahen Linde war ein Summen zu vernehmen, als wohnten tausend Insekten im Baum. Es war jedoch nur der Nachtwind.
„Komm", bat der Girgl leise, „gehen wir ein wenig dem Berg zu!"
Eng umschlungen taten sie etliche Schritte in die Wiese hinein. Nannis Schuhe blieben im nassen Grund stecken. Aber was tat das schon?
Als die beiden wieder festen Boden unter den Füßen spürten, machten sie unter einer frei stehenden Fichte Halt.
„Am nächsten Sonntag ist in Tölz Jahrmarkt! Gehen wir miteinander hin?", fragte er sie.
Nanni fiel ein, dass die Ihrigen ebenfalls vom Besuch des Tölzer Marktes geredet hatten. Bedrückt sagte sie: „Die Unsrigen fahren auch hinauf, da werde ich mit denen fahren müssen!"
„Dann könnt ihr mich ja mitnehmen!" Der Bursch lächelte verschmitzt.
Der Nanni fiel wieder einmal auf, dass der Girgl kein Freund lauter Lustigkeit war. Stets verhielt er sein Lachen.
Sie ging auf seinen Scherz ein: „Freilich, warum nicht?"
Insgeheim war sie froh, ja sogar glücklich, weil der Bursch dem Vater nicht verübelte, wie feindselig er sich ihm gegenüber verhielt. Girgls übermütiger Vorschlag hatte ihr das gezeigt und sie umhalste den Burschen stürmisch.

Er zog sie an sich. Stumm, die Körper aneinander geschmiegt, ließen sie die Zeit verrinnen. Eine von keinem gemessene Zeit.
„Dirndl!", sagte der Girgl mit vor Liebe veränderter Stimme.

Als er sich eine Stunde später zum Gehen richtete, bat sie ihn: „Bleib noch ein bisserl da, erzähl mir etwas von dir!"
„Da gibt es nicht viel zu erzählen", meinte er.
Diese Antwort hatte Nanni fast erwartet. Sie schmeichelte: „Ich möcht wissen, wie deine Kindheit gewesen ist. Deine Mutter hat dich gewiss recht gern mögen und wird dich halt auch verzogen haben?"
„Überhaupt nicht", wehrte er lebhaft ab. „Mein Vater, ihr Mann eben, ist nicht mein richtiger Vater gewesen. Wenn sie mir wirklich etwas zugesteckt hat, dann hat sie es heimlich tun müssen!"
Nanni verbarg ihre Betroffenheit, so gut sie konnte. Dass jemand, der als Kind schon Härte kennen gelernt hat, doch so selbstbewusst werden kann?
„Und wer ist dein echter Vater gewesen?", fragte sie sanft.
„Benno Sturm hat er geheißen! Schuhmachergeselle aus Miesbach steht im Register."
Nanni schwieg. Sie musste das Gehörte erst einmal in sich aufnehmen. Und die Vorstellungen, die sie von dem Burschen hatte, berichtigen.
Warum hatte sie sich eigentlich eingebildet, es wäre ihm von klein auf schon allweil besser ergan-

gen wie ihr? Spielte da sein schneidiges Auftreten mit?
„Eines hätt ich noch gern gewusst“, sagte sie leise zu ihm. „Wo du auf die Welt gekommen bist!“
„Im Haid oben!“
„Wo ist das?“
„In der Näh von Hartpenning!“
Sie zauderte mit der nächsten Frage. War es dem Girgl nicht unangenehm, wenn sie ihn so ausforschte?
„Und wann?“
„Am 19. April 1849 um sechs Uhr auf Nacht!“ In etwas trotzigem Ton fügte er hinzu: „Was hast jetzt davon, weil ich dir das gesagt hab?“
„Ich möcht halt gern alles wissen von dir! Von früher her schon, wo wir uns noch gar nicht gekannt haben!“
Sie beschloss, jetzt aufzuhören mit ihrer Auskundschafterei, doch der Girgl erzählte nun von sich aus weiter: „Im Haid droben hat die Mutter ein kleines Anwesen gehabt. Das ist verkauft worden, wie sie nach Gelting geheiratet hat!“
Nanni sann einen Augenblick lang nach: „Dann warst du ja zuerst ganz woanders! Ich frag mich, was gewesen wär, wenn du nie nach Schliersee gekommen wärst und wir uns nie gesehen hätten!“
Er hob die Schultern. „Dann wär halt mein Leben weiter so leer dahingelaufen wie bis jetzt auch!“
Nanni presste vor Glück die Hände ineinander. An der Wahrheit seiner Worte musste sie nicht zwei-

feln. So was sagt einer nur, wenn er jemanden von ganzem Herzen gern hat. So redet nur die Lieb aus einem!

„Girgl", flüsterte sie, „glaubst du, dass es viel solche Leut gibt, wie wir zwei welche sind?"

„Grad genug", meinte er.

Sie schüttelte voller Ernst den Kopf: „Ich glaub es nicht! Erstens sind es nicht viel, die so sauber sind wie du, und wenn, dann weiß man nicht, ob derjenige auch so gut busselt!"

Ihm schien das, was das Dirndl da von sich gegeben hatte, nicht schlecht gefallen zu haben, denn er widersprach nicht.

Oder hatte ihn ihre schwärmerische Rede verlegen gemacht?

„Jetzt haben wir immer noch nichts ausgemacht wegen Tölz", sagte er nach einer Weile.

„Ich komm zum Huterer-Eck! Aber wenn ich bis um zwei Uhr nicht da bin, dann weißt, dass ich nicht auskönnen hab!"

Er nickte. „Im Markt schieß ich dir dann eine Rosn!", versprach er ihr.

„Aber gewiss!", bat sie erfreut.

Keines von den beiden hatte es bemerkt, dass es zu regnen angefangen hatte, erst jetzt hörten sie das sachte Rauschen um sich herum.

„Lauf", sagte er, „sonst wirst nass! Am Sonntag dann! Behüt dich!"

„Behüt dich!"

Bis Nanni das Haus erreichte, goss es bereits in Strömen. Hoffentlich, sorgte sie sich, wird kein

Landregen draus. Sonst ist es von vornherein nichts mit dem Tölzer Markt!
Ihr wurde mit einem Mal bewusst, wie sehr sich bei ihr alles um den Girgl drehte. Das Wetter, die Tageszeiten hatten durch ihn eine zweite Bedeutung erhalten. Zuvor, gestand sich Nanni ein, ehe ich mich in den Girgl verliebt hab, da hab ich ruhiger gelebt. Ohne Herzklopfen, Bangen, Sehnen und lästigem Schwindelnmüssen. Aber, hatte sie überhaupt gelebt?
Der Girgl hatte es geradeheraus gesagt: „Das Leben ist leer gewesen!"

Der Tölzer Jahrmarkt war gut besucht. Die Leute schoben sich marktauf, marktab oder drängten sich vor den Ständen. Nanni musste mehrmals vom Bürgersteig hinunter auf das Kopfsteinpflaster ausweichen um schneller voranzukommen. Dabei schenke sie den angebotenen Waren keinen Blick.
Sie war bereits eine Viertelstunde zu spät dran. Die Mutter hatte darauf bestanden, dass sie zusammen einen Schürzenstoff aussuchten, ehe sie sich für den Rest des Nachmittags trennten.
Doch der Girgl hatte gewartet! Er stand, wie es ausgemacht war, am Huterer-Eck. Sie merkte, wie genau er sie bei ihrem Näherkommen ins Auge fasste.

Das konnte er von ihr aus! Sie hatte sich fein herausgeputzt, ein in verschiedenen Rottönen gehaltenes Leiblgewand angezogen, das mit seinem runden Ausschnitt ihren hellen, schlanken Hals freiließ. Ihr dunkles Haar war am Hinterkopf zu einem Knoten zusammengefasst. Zwei von Mutters silbernen Filigrannadeln steckten darin.

Gefall ich dir?, fragte ihn ihr Blick.

Und wie!, sagten ihr seine Augen.

Aber auch ein bisschen Sorge für sie war seiner Miene anzusehen. „Wie bist denn fortgekommen von den Deinen?", wollte er wissen.

„Ganz leicht", antwortete sie ihm. „Du weißt doch, der Hardl möcht das Zimmern erlernen und zu dem Zimmerermeister sind sie jetzt alle drei hingegangen. In einer Stund treffen wir uns wieder beim Kolberbräu. Dort hat der Vater auch das Ross eingestellt!"

„Eine Stund ist net lang", meinte der Girgl. „Aber jetzt geh weiter, jetzt kriegst du deine Rosen!"

Nanni folgte ihm zu einem Schießstand. Ob er was trifft? Sie hoffte es. Hoffte aber nicht für sich, so gern sie eine Blume von ihm gehabt hätte. Sie dachte an ihn. Er sollte sich ihretwegen nicht blamieren oder ärgern.

Ihre Befürchtungen waren umsonst gewesen. Der Bursch zertrümmerte mit jedem seiner Schüsse eine von den Tonpfeifen an der Rückwand der Schießbude.

Ein junges, grell aufgeputztes Mädchen zeigte dem Girgl seine Gewinne.

„Ich will nur ein einziges Blumerl haben", sagte Nanni.
„Die da!" Der Schütze deutete auf eine rubinrote, halb offene Rose. „Die andern darfst behalten!", erklärte er der Maid.
Die bedankte sich bei dem Burschen mit einem langen Blick.
Zum ersten Mal in ihrem Leben lernte die Nanni das Gefühl der Eifersucht kennen und die verzweifelte Wehrlosigkeit, die damit verbunden ist.
Sie sah den Fehler bei sich selbst. Hätt ich doch die Blumen alle genommen, auch wenn ich sie der Eltern halber wegwerfen hätt müssen.
„Hat dir die gefallen?", fragte sie den Girgl.
Der lachte: „Ich hab die Meine! Was tät ich mit zwei!"
Befriedigt war Nanni nicht von dieser Antwort, aber sie hielt es für besser, nimmer davon zu reden.
Zudem kam jetzt ein hoch gewachsener, hagerer Mann auf den Girgl zu. Nanni nahm an ihm eine kühn gebogene Nase und einen krausen Vollbart wahr.
„Ja, der Girgl! Bluat vo da Gams!"
Die Freude über das unverhoffte Wiedersehen war auch beim Girgl groß: „Der Lampl! Jetzt da schau her! Trifft man sich da heroben!"
Ein paar scharfe Augen fixierten das Dirndl. „Sakra, Sakra, da hast was Saubers dabei!"
Nanni begann das Mädchen aus der Schießbude zu vergessen, als der Girgl antwortete: „Das weiß ich schon selber, das brauchst mir nicht sagen!"

„Hast ihn gehört?" Der Fremde zwinkerte Nanni zu.
Statt einer Antwort sagte Nanni: „Girgl, ich schau mir an dem Stand da drüben das Stickgarn an!"
Sie wollte den zwei Mannsbildern Gelegenheit geben sich ungestört zu unterhalten.

Die Verständigung dauerte länger, die Zeit verrann und Nanni dachte ergeben: Die Stund, die ich bleiben kann, wird bald um sein! Endlich verabschiedeten sich die Männer mit einem Handschlag.
„Das war der Lampl von Reichersbeuern", erklärte der Girgl der Nanni. „Ich hab was zu reden gehabt mit ihm!" Der Bursch zog seine Taschenuhr aus der Gilettasche. „Jetzt können wir uns grad noch ein Flascherl kaufen!"
Sie betraten eines der Wirtshäuser der Tölzer Marktstraße. Sie fanden einen freien Tisch und der Girgl bestellte eine Flasche Roten. Das junge, ungewöhnlich saubere Paar fiel auf. Der Wirt näherte sich den beiden: „Wo kommt ihr denn her, ihr zwei?"
„Aus Schliersee!"
Der Wirt wies auf das leere Glas des Burschen: „Darf ich nachschenken?"
Der zeigte auf einen flachen, schwarz lackierten Kasten, der am Ende der Bank lag. „Die Zither darfst mir auch hertun!"
Der Wirt brachte das Instrument: „Zuvor hat einer auf ihr gespielt, der hat sie gestimmt!"
Der Girgl griff in die Saiten, sie begannen zu klin-

gen. Und der Wirt klopfte mit einem Messerrücken an ein Bierglas.
Im Nu war es still in der Wirtsstube. Einer meinte anerkennend: „Der langt schon hinein in die Saiten!“
Der Girgl spielte eine kurze Einleitung, dann sang er zu den Klängen der Zither das Lied von dem Dirndl, das die Jäger foppt, weil es einen Wildschützen gern hat. Und noch eines vom Jagen.
Als er geendet hatte, schaute er Nanni fast triumphierend an. „Was sagst du jetzt?“
„Ich hab es nicht gewusst, dass du so schön singen und spielen kannst“, sagte sie. Ihre Augen sagten mehr.
„Tust schon noch weiter“, bat der Wirt den Burschen.
Der hob abwehrend die Hand. „Wir haben keine Zeit nimmer!“
Er bezahlte. Nanni hatte sich noch nie von einem Burschen etwas bezahlen lassen, aber heute empfand sie sogar einen leisen Stolz darüber, vom Girgl freigehalten zu werden.
Ihre Bewunderung für ihn war vorhin noch gewachsen. Mit ihm konnte man sich sehen lassen!
Sie genoss es an seiner Seite gehen zu dürfen.
Etliche Häuserreihen weit begleitete sie der Girgl noch marktabwärts, dann verhielt er den Schritt.
„Wir müssen noch was ausmachen!“
„Ja!“ Sie lächelte. Nanni wartete immer darauf, bis er es sagte. Und sie konnte sich sicher sein, dass er den Wunsch nach einem Wiedersehen äußerte.

„Weißt was“, sagte er bestimmt, „ich komm heut auf d'Nacht hinauf zu dir!“
„Heut auf d'Nacht?“ Nanni überlegte. Die Mutter würde sie nach dem Besuch in Tölz bestimmt von einem neuerlichen Ausgehen abhalten. Andererseits wünschte sie sich doch auch nichts lieber, als dass der Tag für sie und den Burschen nach dieser kurzen Stunde noch nicht beendet war.
Nanni wusste auch, wie sehr sie es schon manchmal bereut hatte, wenn sie aus Mutlosigkeit oder Unentschlossenheit etwas hatte versäumen müssen.
„Also, was meinst?“, drängte er.
Ein Haufen grölender Besoffener kam daher, rempelte sie an.
„Um zehn Uhr unter der Linde!“
Er nickte: „Ich bin da!“
Ein tiefer Blick zum Abschied, dann eilte Nanni, so schnell sie konnte, der Isar zu.
Sie schaute sich noch einmal kurz um. Der Bursch stand unter einem Torbogen. Auch er schaute ihr nach. Nicht lächelnd, ernst.
Dieses sein Bild nahm Nanni auf ihren Heimweg mit.

„Das ist dumm“, meinte der Hardl, „dass ich so lang nicht mit der Lehr anfangen kann!“ Die Familie saß um den Stubentisch.

„Wenn er dich halt jetzt noch nicht brauchen kann, der Meister“, sagte der Bauer. „Die jungen Leut möchten alles übers Knie abbrechen!“

„Was glaubst“, warf die Bäuerin ein, „wie schnell dass die Zeit um ist!“

Nanni äußerte sich nicht. Sie zwang sich dazu, nicht auf die Uhr zu schauen, das hätte ihre Ungeduld verraten können.

Sie hatte auch nicht die Stirn, die Ihren anzulügen, zu sagen, dass sie heute noch zur Freundin gehen wolle.

Nanni erhob sich von ihrem Sessel: „Ich geh ins Bett!“

Sie lief die Stiege hinauf, öffnete die Schlafkammertür und schloss sie wieder. So, das hatten sie unten gehört!

Dann schlich sie wie ein Dieb auf den Zehenspitzen wieder hinunter und beeilte sich, durch die seitliche Küchentüre ins Freie zu gelangen. Sie bekam weiche Knie dabei, aber es glückte.

Der Bursch war da. Nanni legte ihm die Arme um den Hals und barg ihren Kopf an seiner Brust, doch der Girgl hielt nicht still bei dieser Liebkosung. Er drängte: „Komm, gehen wir weg von da! Auf einmal geht die Tür auf und eins von den Deinen sucht dich!“

„Wo willst denn hin?“, flüsterte sie.

Zugleich spürte sie einen Tropfen auf der Wange. Wie beim letzten Stelldichein fing es auch heute zu regnen an. Der Himmel hatte sich überzogen, kein einziger Stern war mehr zu sehen.

„Gehen wir hinter zum Holzschuppen?“, fragte sie leise.
„Ja, das tun wir!“
Der Bursch legte seinen Arm um ihre Schulter und sie umfasste mit dem ihren seine Mitte. So umschlungen strebten sie dem schützenden Dach zu. In der Hütte tasteten sie sich durch die Dunkelheit.
„Pass auf“, warnte sie ihn, „da steht das Laufwagerl und da hinten ist der Reibschlitten aufgehängt!“
Die zwei erreichten einen freien Winkel im hinteren Teil des Schuppens.
„Da bleiben wir“, bestimmte er, „da kann uns kein Regen und kein Wind an!“
Nanni nestelte an ihrem Rock.
Augenblicklich wurde er aufmerksam. „Was tust denn?“
„Ich hab nur nachgeschaut, ob ich nichts zum Schlecken im Kittelsack find. Ich hab nämlich einen ganz trockenen Mund!“
„Was lässt sich da tun?“, fragte er sie.
„Nichts!“ Nanni wusste, der trockene Mund kam von der Aufregung.
Der Bursch gab ihr ein Bussl. Seine Hände glitten über ihren Leib, fassten den Rocksaum.
„Nicht!“, sagte sie bittend.
Des Burschen Zugriffe wurden flinker, fester.
Das Dirndl wehrte sich nach Leibeskräften. „Wir dürfen es nicht tun“, keuchte es, „lass mich aus!“
„Nichts da!“
Die Halskette, die sie am Nachmittag getragen und

immer noch umhatte, riss und fiel unbemerkt zu Boden.
Nanni kämpfte jetzt nicht mehr allein gegen den Burschen, auch gegen ihr eigenes Verlangen, welches immer stärker wurde, wehrte sie sich.
Ihr Wille erlahmte, sie ergab sich ihm.

„Was denkst du dir jetzt von mir?“ Die Scham ließ sie so fragen.
„Dass du von Kopf bis Fuß ein sauberes Dirndl bist!“, antwortete er ihr.
„Ach Girgl!“ Nanni war sich mit einem Mal klar darüber, dass es so hatte kommen müssen. Der Nachmittag in Tölz, ihre Eifersucht auf das fremde Mädchen, sein Zitherspiel, sein Gesang, der Wein, alles hatte mitgeholfen dazu.
Bereute sie es? Nein! Zu ihrer großen Erleichterung hatte er ihr mit seinem „Dass du von Kopf bis Fuß ein sauberes Dirndl bist“ zu verstehen gegeben, wie vollkommen er sie fand. Und das, ihm zu gefallen, das war ihr das Wichtigste.
Andererseits hatte er ihr später nichts vorzuwerfen. Sie hatte sich ihm ja nicht an den Hals geworfen, sie hatte sich ehrlich gewehrt gegen ihn. Wenn er nicht ein solcher Draufgänger wäre, er wäre nicht an sein Ziel gekommen.
Nanni begrub ihre Gewissensbisse unter der Feststellung: Geschehen ist geschehen!
„Jetzt wird es schon ziemlich spät sein?“, wisperte sie.
Der Girgl zog ein Schnellfeuer aus der Tasche, in seinem Zündlicht sah Nanni das kantige Kinn, das

ebenmäßig geschnittene Männergesicht sich über die Taschenuhr beugen.
„Es geht auf zwölf!"
„Girgl, ich muss hineingehen!"
„Ja!"
„Gehst du zuerst?", fragte sie ihn.
„Du! Mir pressiert es nicht."
Ein Bussl zum Abschied. „Gute Nacht!"
„Gute Nacht, Girgl!"
Anderntags nahm Nanni den leeren Holzkorb und ging mit ihm hinüber zum Schuppen.
Minutenlang starrte sie in das Eck, in dem sie gestern Nacht mit dem Girgl gestanden war.
Bei der Bretterwand am Boden glitzerte etwas. Sie bückte sich danach. Es war ihr goldenes Ketterl.
Die Teile, die sie davon in ihren Händen hielt, den rubinroten Anhänger in Herzform, jetzt zersplittert, alles machte ihr deutlich, wie groß, alle Sinne raubend, ihre Leidenschaft gewesen war.
Plötzlich war die Mutter hinter ihr. Nanni ließ die Kette rasch in ihre Rocktasche gleiten.
„Ich bin dir nachgegangen", sagte die Frau und schwenkte einen Briefbogen.
„Die Freudenreich-Bäuerin hat mir geschrieben! Da, lies selber! Ganz am Schluss vom Brief steht es!"
„Diesem Jennerwein Girgl", las Nanni, „von dem du mir erzählt hast, dass er zu euch hinaufgesucht hat, wird nachgesagt, dass er wildert. Das ist so gut wie sicher! Was die Arbeit anbelangt, manche loben ihn, weil er ein gewandter Holzer ist, wieder andere

behaupten, er ginge ihr aus dem Weg. Mehr habe ich euch nicht erfragt!"

„Mutter", sagte Nanni, „warum hast du da draußen was gesagt von mir und dem Girgl?"

„Dass man darüber noch reden darf!", wehrte sich die Bäuerin gegen den Vorwurf.

Verärgert kehrte sie ins Haus zurück. Und doch auch ein wenig schuldbewusst. Sie hätte wirklich nichts verlauten lassen sollen. Andererseits, wie erfährt man sonst etwas?

Nanni füllte den Holzkorb mit trockenen Tannenzapfen. Sie lächelte dabei. Das, was im Brief vorgebracht worden war, hatte den Burschen in ihren Augen nicht schlechter machen können. Nein, besser sogar! Einen Wildschützen zum Schatz zu haben, gefiel, schmeichelte ihr. Und dass der Mensch nicht nur zum Schinackeln, zu der Plagerei, auf der Welt ist, dass er dasselbe erkannt hat und danach handelt, darin hat er mehr wie Recht!

Das Dirndl ließ sich Zeit bei seinem Tun. Vor sich hin träumend, rief sie sich den Marktsonntag ins Gedächtnis, Girgls Zitherspiel, seinen Gesang:

„Und kloane Kugerl giaßn,
Kloane Gamserl schiaßn,
Kloane Diandal liabn,
Ma muaß all's probiern;
Daweil ma jung no san,
Schaun wir uns um an Schatz
Und mach'n späta aft
Für Jüngre Platz."

Nanni hatte jetzt ein Paar Augen vor sich, das helle Grau des Felsgesteins war in ihnen und das Blau des Enzians. Und der Spiegel eines glasklaren Gewässers. Diese Augen! Schönere kannte sie nicht.

❦

Wieder war Sonntag und wieder standen sich, wie all die vergangenen Sonntage, der Girgl und die Nanni im Wald gegenüber.
Und wie jedes Mal wollte der Bursch wissen, wie Nanni von daheim fortgegangen war.
„Heut hätt ich beinah nicht auskönnen", gestand sie. „Ich glaub, die Mutter hat was gespannt. Wie ich nämlich dergleichen getan hab, dass ich in den Wald hinüber geh und mir einen Baumschwamm such, für den Vogel, den der Hardl geschnitzt hat, da hat sie gleich gesagt, sie geht auch mit. Ich hab mir einfach nimmer anders zu helfen gewusst, als dass ich mich heimlich davongeschlichen hab!"
„Du hast Recht gehabt", meinte der Bursch.
„Recht hab ich nicht gehabt, weil sich die Mutter bestimmt ärgert, aber ich hab nicht verzichten können, denn so einen Tag wie heut gibt es so leicht nicht wieder!"

Nanni schaute lächelnd um sich. Die Sonne leuchtete, wie sie nur an bestimmten Tagen leuchtet. Jedes Blatt, jedes Gräslein glänzte. Ein Geschenk

war dieser Tag, und es nicht entgegenzunehmen, wäre eine Sünde gewesen.
„Weißt du, Girgl", sagte Nanni nachdenklich, „manchmal hab ich richtig Mitleid mit meinen Eltern. Sie sind alt und können so was Schönes wie wir zwei jetzt nimmer erleben. Ich frag mich oft, wie sie noch lachen können."
„Du bist gut", erwiderte der Bursch ungerührt, „die sind doch auch einmal jung gewesen! Jetzt sind wir es und nach uns sind es andere!"
Der Gedanke zu altern besaß für das junge Dirndl noch keinen Schrecken. So fragte sie vergnügt: „Ja, noch sind wir jung, aber was ist, wenn wir einmal alt sind?"
Er scherzte: „Dann können wir uns bloß noch unsere Haklstecken herumhauen!"
Nanni lachte bei dieser Vorstellung hell auf. Der Bursch schmunzelte ein bisschen und ihr fiel es zum wiederholten Mal auf, dass der Girgl nie laut heraus lachte, dass sich seine Lustigkeit immer nur durch eine beherrschte Fröhlichkeit zeigte.
Sie schmiegte sich an ihn und der Bursch begann ihr das Leibl aufzuknöpfen.
Nanni versuchte ihn daran zu hindern, wollte seine Hände einfangen. Es gelang ihr nicht.
„Geh weiter", sagte er, „jetzt sind wir schon so oft beieinander gewesen und allweil bist du noch so gschamig!"
Draußen am Waldsaum ging ein einsamer Spaziergänger vorbei. Nanni probierte ein zweites Mal den Burschen abzulenken.

„Schau hin", sagte sie zu ihm, „ist das ein Manndl oder ein Weibl?"
„Da schau ich jetzt einmal bei dir nach!", erwiderte der Girgl keck.
Ach, wenn sie ihm doch einmal etwas abschlagen könnte!
„Und wenn uns jemand zuschaut?"
„Das ist doch uns wurscht", entgegnete er, „wir können doch tun und lassen, was wir wollen! Wir sind doch alle zwei frei!" Trotzig kam das.
Nanni schloss die Augen, öffnete sie wieder. Ein leichter Wind bewegte die Baumkronen über ihnen.
„Dirndl", hörte sie den Burschen flüstern.
Ein Eichkater wischte den Buchenstamm hinauf, ein Vogel gab lockende Laute von sich, sonst war es still um sie herum. Und die Zeit verrann.
„Wie viel Uhr wird's sein?", erkundigte sich die Nanni leise.
Er zog seine Taschenuhr aus dem Gilet: „Es geht auf vier Uhr!"
„Dann muss ich heim!"
Sie umarmten sich noch einmal. „Wann sehen wir uns wieder?", fragte der Girgl.
„Nächsten Sonntag?", fragte Nanni zurück.
Er schüttelte den Kopf. „So lang mag ich nicht warten diesmal! Ich tät sagen, wir treffen uns morgen!"
„Musst du da nicht arbeiten?"
„Weißt du denn das nicht", entgegnete er mit lebhaften Gesten, „dass die Holzknecht, wenn die Arbeit nicht pressant ist, am Montag blaumachen?"
Er hielt inne: „Oder geht es bei dir nicht?"

Sie hob die Schultern. „Das richtet sich nach dem Wetter. Wenn es schön ist, möcht der Vater Brennholz arbeiten. Dann muss ich mit ins Holz!"
Er nickte. „Also nur wenn es regnet!"
Er trat nahe an Nanni heran: „Geh her und lass dir die Tannennadeln aus den Haaren klauben! Sonst wissen sie es ja gleich, die Deinigen, wo du gewesen bist!"
„So", sagte er dann, „jetzt kannst gehen!"
Sie blieb stehen, lächelte: „Geh du zuerst, ich möcht dir nachschauen!"
Ein rosafarbener Himmel schimmerte durch die Stämme. Nanni stand und schaute, bis sich seine Gestalt zwischen ihnen verloren hatte.
Sie verspürte, wie sie, kaum dass der Bursch außer Sicht gekommen war, bereits wieder Sehnsucht nach ihm bekam.
Was soll das noch werden, dachte sie. Ich kann ja ohne ihn nimmer sein!

Auf dem Herweg hatte Nanni schon nach einem Baumschwamm Ausschau gehalten und eine Buche entdeckt, deren Rinde übersät war mit Zundeln. Als sie jetzt einen davon vom Baum brach, tat sie es ganz behutsam. Für sie war es kein gewöhnliches Gewächs, sondern etwas Kostbares, ein Andenken an eine schöne Stunde.

Am Montag regnete es. Nanni frohlockte. Das Glück ist bei den Liebesleuten, dachte sie bei sich. Sie hatte Mühe ihre Freude zu verbergen, als der Vater sagte: „Bei dem Sauwetter kann man nicht ins Holz hinaus! Lassen wir es sein. Wird schon wieder schöner!"
Am Nachmittag hängte sich Nanni einen Einkaufskorb an den Arm. „Ich geh ins Dorf!", erklärte sie kurz.
Die Mutter hatte dagegen etwas einzuwenden. „Dirndl", sagte sie mit sorgenvoller Miene, „ich kann es mir denken, wo du wieder hin musst! Zu dem andern halt!"
Als Nanni dazu schwieg, mahnte sie: „Schau, mir geht der Friede im Haus über alles! Und der ist dahin, seit du mit dem Girgl angefangen hast. Dein Vater schimpft die halbe Nacht an mich hin und ich kann nimmer schlafen vor lauter Kummer und Ärger!"
„Ich geh jetzt!", presste Nanni hervor.
In der Bäuerin erwachte der Zorn. „Wirst sehen", drohte sie der Tochter, „der Vater weist dir noch die Tür. Dann kannst schauen! Unter fremden Leuten sein müssen!"
Nanni gab keine Antwort mehr. Ihre gute Laune war stark getrübt. Ein paar Augenblicke lang überlegte sie, ob sie nach diesem Zwischenfall überhaupt noch zu dem Stelldichein gehen sollte.
Mit festem Griff zog sie die Türe hinter sich zu.

Nein, sie lässt sich die Schneid nicht abkaufen! Sie nimmt ihr Leben selber in die Hand. Ihr Leben ist es ja!

Durch einen Schirm vor dem strömenden Regen geschützt, ging sie der Schlierach entlang, dann hielt sie sich nach rechts. Bald nahm sie der Wald auf.

Nanni atmete auf. Mit jedem Schritt, den sie sich vom Hof entfernte, verloren die Vorhaltungen der Mutter an Gewicht. Sie war jetzt froh, nicht gleich in die Knie gegangen zu sein. Auch die Drohung, der Vater würde ihr die Tür weisen, falls sie nicht von dem Burschen ließ, schreckte sie nicht besonders. Hatte der Girgl damals, im Stall draußen, nicht davon geredet, er wüsste einen Hof, den man pachten könnte?

Sie hatte ihm keine Antwort gegeben. Warum nicht? Sie weiß es nicht. Sie weiß nur, dass sie heute sofort ja sagen würde, zulangen, das Glück festhalten.

Aber ist dem Girgl dortmals wirklich ernst gewesen mit seiner Andeutung? Gesagt hat er nie mehr etwas. Das muss sie zugeben.

Es war sonderbar. Seit der Vater den Burschen einen Bazi geheißen hatte, wurde sie einem leisen Misstrauen nie mehr gänzlich Herr. So wie jetzt überfielen sie dann von einer Minute zur anderen Zweifel.

Nanni strengte sich an, diese Gedanken zu verscheuchen. Sie begann an ihren Fingern die Orte ihrer heimlichen Zusammenkünfte aufzuzählen.

Beim Bach, unter der Linde, am Kirchbichl, beim Feldstadl, am Kreuzweg, da im Wald, überall hatten sie sich schon getroffen und an manchem Platz sogar schon öfters.

Nein, es war unwahrscheinlich, dass der Girgl sie eines Tages sitzen ließe! Er würde nie mehr eine finden, die ihn so gern hat, wie sie ihn gern hat.

Wie gern?

Sie kennt seine Mutter nicht und doch ist sie dieser Frau von Herzen zugetan, deshalb, weil sie es war, die den Girgl auf die Welt gebracht hat.

Dem Girgl, das wusste Nanni, durfte sie diese ihre Gedanken nicht verraten. Sicher hätte er sich von ihrer Schwärmerei bedrängt gefühlt.

Ach, so behutsam ging Nanni mit dieser Liebe um. Sich ja nichts verderben bei ihm!

Ein leises Auflachen hemmte ihre Schritte. Der Bursch stand unter dem Blätterdach einer mächtigen Buche. Bei diesem Anblick, der glatte, prachtvolle Stamm des Baumes, der junge, stramme Bursch, fing ihr Herz wild zu klopfen an.

„Du gehst ja daher“, sagte er anstatt einer Begrüßung, „wie wenn du nichts hören und nichts sehen tätest!“

„Ja“, antwortete sie ihm, „weil der Regen so rauscht!“

„Nein, nein“, er schmunzelte ein wenig, „das ist bei dir immer so, du passt auch nicht auf, was hinter oder neben deiner vorgeht!“

„Das stimmt“, gab Nanni zu, „ich selbst bin ein

Mensch, der niemandem nachspioniert, und deswegen denke ich, dass man mich auch in Ruh lässt!"
„Das glaubst du!", erwiderte er ihr.
Nanni tat das Thema ab, indem sie sich an seine Brust schmiegte. „Hast Zeitlang gehabt nach mir?", flüsterte sie. „Von gestern auf heut, mein ich!"
„Und wie!", stieß er hervor.
Sie wusste, sie durfte ihm das glauben. Wäre es nicht so gewesen, dann hätte er sicher gesagt: „Ist gerad so gegangen mit dem Zeitlanghaben!" So gut kannte sie ihn schon.
Unablässig fiel der Regen, ein stetes, gleichmäßiges Sausen war um sie herum. Aber unter Nannis Schirm war es gut sein.
War es wegen des rauschenden Regens oder wegen ihrer Bewegungslosigkeit, mitten drinnen sahen sie sich von zwei Rehkitzen umsprungen. Die Tierchen scherzten zusammen, setzten in übermütigen Sprüngen einander nach und schienen das Paar nicht zu bemerken.
„So etwas Seltenes!" Nanni flüsterte es nur.
Beide ahnten es, dieses Erlebnis würde sich in ihrem ganzen Leben nie mehr wiederholen. Nur die Erinnerung würde bleiben.
Nanni entdeckte eine Veränderung in des Burschen Gesicht. Auf seinen Zügen lag jetzt eine Weichheit, eine Anmut, der Girgl hatte direkt das Aussehen eines schönen Heiligen.
Das Wild war davongesetzt. Der Regen strömte noch immer, der Himmel war immer noch grau. Aber nicht der ihre!

„Wir haben fürs nächste Mal noch nichts ausgemacht“, sagte er.
„Nein!“
„Am Sonntag?“
Sie stimmte lächelnd zu: „Da wieder?“
Er schien sich zu besinnen. „Du, mir ist weiter droben am Berg eine Hütte untergekommen! Da hätten wir ein Dach über dem Kopf!“
„Wo?“, fragte sie unsicher.
Er deutete auf den Quell zu ihren Füßen. „Brauchst bloß dem Wasserl nachgehen, dann kommst hin!“
„Gut!“ Eine innige Berührung der Hände noch, dann gingen sie auseinander.
Nanni überdachte im Gehen die vergangene Stunde. Die Rehkitze, das silbrige Nass, der grüne Farn, der Bursch! „Ach Mutter“, murmelte sie, „du weißt ja gar nicht, was du von mir verlangst! Gönn mir doch mein Glück!“

Der Empfang daheim, vor dem Nanni doch etwas gebangt, war gar nicht so schlimm geworden. Ein Besucher war aufgetaucht.
Hardls künftiger Lehrherr, der Zimmerermeister in Tölz, hatte eine Arbeit übernommen, zu der er den Hardl gut brauchen hätte können. Er bat daher Nannis Vater, ihm den Buben für etliche Tage zu überlassen. Der gab seine Zustimmung.

Die Bäuerin sah es höchst ungern. „Akkurat jetzt, wo die Grummetarbeit anfängt. Und der Vater ist auch nicht auf der Höh!"

„Es wird schon gehen", meinte der Bauer. „Und noch gießt es, noch geht die Arbeit draußen nicht an!"

Schließlich wurde vereinbart, dass der Hardl, falls sich das Wetter richten würde, sogleich wieder heimkäme.

Der Bauer spannte den Bräundl ein und kutschierte die zwei nach Miesbach zum Zug.

Anderntags war er krank. Ihm ging es so schlecht, er musste ins Bett gehen. Schüttelfrost beutelte ihn, und der scharfe Schnaps, bei Nannis Vater das Allheilmittel, half auch nicht.

„Lass halt den Doktor holen", bat seine Frau.

„Sonst nichts mehr! Der Doktor kostet einen Haufen Geld, bedeuten tut er nichts! Entweder ich werd ohne ihn gesund oder ich stirb!"

„So schnell stirbt man nicht", meinte die Bäuerin.

„Oh, das geht oft schnell!", wiederholte er.

Zum Ende der Woche hin konnte der Vater wieder aufstehen und auch etwas essen.

Niemand war froher darüber als seine Tochter.

Nanni wollte rundum glücklich sein. Und, hätte sie sich nicht vor sich selber schämen müssen, sich mit dem Girgl zu treffen, während der Vater krank im Bett lag?

Sie war heute, weil sie ja erst den Standort der vom Girgl erwähnten Hütte ausfindig machen musste, eine halbe Stunde früher von daheim weggegan-

gen. Jetzt stand sie unter dem Dach des kleinen, roh gezimmerten Baues und lugte durch die Bretteröffnung hinaus in die hohen Fichten, die ihn umgaben.
Ein starker Wind ging, die Baumwipfel bogen sich, ächzten. War das schon ein Herbststurm?
Dann sah sie den Girgl daherkommen. Sie genoss es, ihm dabei zuzuschauen.
„Grüß dich!"
„Grüß dich auch! Hast doch gleich hergefunden?"
Sie nickte. „Wem, glaubst du, gehört das Hütterl?"
„Uns!", sagte er lächelnd und drückte sie an sich.
„Du", sagte Nanni eine Weile später, „stell dir vor, der Vater war krank! Und der Hardl ist nicht da. Ich hab einmähen müssen!"
Der Girgl erwiderte: „Aha, darum bist gar so matt gewesen heut!"
„Hast du das gespannt?"
„Nicht werd ich das spannen!" Er setzte hinzu: „Ich hab auch eine schlechte Woch gehabt!"
„Du?" Nannis Frage klang ungläubig. Nach wie vor zählte sie den Burschen zu jenen Leuten, denen nie Ungutes wiederfährt.
„Ich bin mit einem Jäger zusammengerückt, weil ich einen Grenzbaum umgeschnitten hab, an den ein Hochstand genagelt war. Der Hanswurst hat mir angedroht, dass er mich beim Forstamt hinhängt und dass ich für den Schaden blechen muss. Pföderl, heißt er, der Depp, der damische!"
Nanni schwieg eine Zeit lang, dann wollte sie wissen: „Und was hast du zu ihm gesagt? Hast ihm

nicht ein bisserl schön getan, damit er dich nicht anzeigt?"
Mit einer heftigen Bewegung bog der Bursch seinen Oberkörper zurück, so dass er Nanni ins Gesicht schauen konnte. Seine Augen blitzten unwillig.
„Ich und bei einem Jäger um gutes Wetter anhalten? Das erlebt der nicht!"
Nanni starrte den Burschen an. So außer sich hatte sie ihn noch gar nie gesehen. Sie suchte nach einem Wort, mit dem sie ihn so rasch wie möglich wieder beruhigen hätte können.
„Aber ich weiß schon", fuhr der Girgl aufgebracht fort, „warum er mich so dick hat. Ich hab ihm nämlich den vergangenen Herbst in Tölz drüben beim Jahrmarkt seinen Schatz ausgespannt!"
„Ah, da schau her!", sagte Nanni gedehnt.
Der Girgl ließ sich keineswegs einschüchtern. „Was heißt da: Da schau her! Wie das dort war, da haben ja wir zwei noch nichts miteinander gehabt!"
„Ja, das ist wahr", lenkte die Nanni sofort ein.
Aber, dass das gar so weh tat, von Girgls früheren Liebschaften zu hörten?
Ohne dass Nanni ihn darum bat, erzählte der Bursch weiter. Scheint 's war es ihm ein Bedürfnis.
„Dortmals ist der Pföderl noch Fuhrknecht beim Sägmüller in Reichersbeuern gewesen. Daheim ist er z' Fischbach draußen. Er wollt ein Jäger werden. Dort schon!" Der Girgl hielt kurz inne und fragte Nanni: „Du weißt doch den Lampl, mit dem ich in Tölz geredet hab?"
„Ja, freilich!"

„Der Lampl ist an dem Marktsonntag neben dem Pföderl gehockt und hat es mitgehört, wie der auf ein Dirndl eingeredet hat. So lang, bis es ihm versprochen hat, es staffiert ihn aus, kauft ihm eine Jagermontur und ein Gewehr, eine neue Büchs! Der Lampl hat mir alles gestochen!“ Der Girgl lachte: „Aber dem Pföderl hab ich einen Strich durch die Rechnung gemacht!“
„Und warum?“, fragte Nanni. Ihr war das Vernommene unangenehm. Spielte ihre Eifersucht mit?
Der Bursch hob die Schultern. „So halt! Und weil ich die Grünen nicht schmecken kann!“
„Du hast dir aber dadurch unnötigerweise einen Feind gemacht“, gab ihm Nanni zu bedenken.
„Einen Feind?“ Der Girgl verzog höhnisch den Mund. „Einen Gamsbock schieß ich ihm vor seiner Nasn weg, dann kann er sich giften!“
Nanni legte ihm besänftigend die Hand auf den Joppenärmel: „Sag, Girgl, wilderst du?“
Sie hatte ihn bis jetzt noch nie darauf angesprochen und ihm auch von dem Brief der Freudenreichbäuerin kein Sterbenswörtchen gesagt. Sie hielt stets alles fern von ihm, was ihn hätte ärgern können.
Der Girgl schaute unwillig drein.
„Wenn man euch Weibern etwas erzählen dürft, aber du triffst dich mit deiner Freundin, mit dieser Lisl, und dann wird geratscht. Bla, bla!“
Nanni senkte sogleich den Blick. Dieses war das erste Mal, seit sie den Burschen kannte, dass er so

lieblos daherredete. Ihr Herz erschrak darüber sehr.
„Du musst es mir ja nicht sagen." Leise kam es von ihren Lippen.
Ihre Nachgiebigkeit stimmte ihn freundlicher. „Ist gescheiter", meinte er, „wir reden von etwas anderem!"
„Oder gar nichts mehr!" Sie legte ihren Kopf an seine Brust.
Der Sturm war stärker geworden. Äste knackten, brachen, prasselten zu Boden. Blätter wirbelten durch die Luft.
„Heuer soll es im Winter viel Schnee geben", sagte der Bursch. Er fasste das Dirndl bei den Schultern: „Aber deswegen kommen wir genauso zusammen, gelt!"
Nanni nickte und drückte ihre Stirn noch fester an ihn.

Drei große Haufen Herbstlaub hatten die Bäuerin und Nanni am Vormittag unter den Hagbäumen zusammengerecht, jetzt schauten sie nach dem Fuhrwerk aus.
„Hoffentlich kommt der Hardl bald", sorgte sich die Frau. „Vom Herumstehen fängt einen zu frieren an!"

„Magst du mein Kopftuch umbinden, Mutter? Ich brauch es nicht!“

„Jetzt kommt er dahergefahren!“ Die Bäuerin zeigte mit dem Rechenstiel in die Richtung, aus der der Wagen herangepoltert kam.

„Öha! Brr!“ Der Hardl sprang gelenkig vom Fuhrwerk. Nanni erstieg es und warf dem Buben den Streukorb zu. Der füllte den kreisrunden Weidenkorb mit Laub, presste so viel hinein, wie es nur ging, und leerte ihn der Nanni unter die Füße. Die trat das raschelnde Rot und Gelb und Braun auf dem Wagen nieder.

„Tret nur fester ein“, sagte die Bäuerin zur Tochter, „damit wir alle drei Häufen hinaufbringen und nicht zweimal fahren müssen!“

Als schließlich das ganze Laub auf dem Wagen war, warf der Bub den Streukorb mit Schwung obenauf und wollte auch der Bäuerin den Rechen abnehmen.

Die wehrte sich dagegen: „Nein, den trag ich lieber! Schaut gar so dumm aus, wenn ich müßig daherkomm!“

Mit dem geschulterten Rechen trat sie voraus den Heimweg an.

„Hardl“, bat Nanni den Buben, „lass mich mit dem Ross heimfahren!“

„Von mir aus!“

„Wüah, Bräundl!“

Gehorsam zog das Pferd den Wagen auf dem Feldsträßchen dahin.

Dass Nanni heute den Fuhrmann machte, hatte

seinen Grund. Sie suchte das Ross an sich zu gewöhnen, denn sie hatte vor, in nächster Zeit kleine Ausfahrten oder Schlittenpartien mit ihm zu unternehmen. Der Vater wird froh sein, wenn sie mit dem Rössel fährt, damit es nicht dauernd im Stall steht. Zudem, nein, vor allem kommt sie damit aus dem Haus ohne lange Fragerein.

Freilich wird sie den Bräundl beim Hennerer hinten einstellen müssen, aber das wird der Vater nicht erfahren. Ein Trinkgeld muss sie halt springen lassen.

So ihre Überlegungen, die alle darauf ausgerichtet waren, den Geliebten so oft wie möglich zu sehen.

Nanni lenkte das Pferd in den Streuschuppen, spannte es aus, führte es in den Stall und belohnte es mit ein paar Äpfeln.

Dann kehrte sie zurück in den Schuppen und begann das Laub vom Wagen zu werfen. Nach einer Viertelstunde war diese Arbeit getan.

Nanni pressierte es nicht damit, ins Haus zu kommen. Sie lehnte sich an einen Balken und kostete den gestrigen Abend noch einmal aus. Da waren sie und der Girgl beisammen gewesen.

Auf einer weiten, vom Wald umkränzten Wiese waren sie gestanden; ein heller Mond hatte ihnen geleuchtet und der Bursch hatte sie darauf hingewiesen, dass am Sonntag in der Post in Schliersee Kirchweihtanz ist.

„Da gehen wir miteinander hin, gelt!“, hatte er zu ihr gesagt.

Ja, und dann hatte der Girgl sein Hütl mit einem

Juchzer durch die Luft schwirren lassen, ihr die Hand gereicht und sie zu einer Tanzbewegung veranlasst.
Auf der einsamen Wiese, im hellen Mondschein.
Aus einer einzigen Drehung hatte dieser Tanz bestanden und so glücklich war sie dabei gewesen!

„Nanni!"
Eine Stimme rief nach ihr. Nanni verließ ihren Schlupfwinkel. Ihre Freundin, die Lisl, suchte nach ihr.
„Nanni, da bist du ja!"
„Grüß dich, Lisl! Ich freu mich, dass du zu mir kommst!"
„Ja, aber ich bin gleich wieder dahin. Ich bin nur wegen zwei Sachen gekommen. Die erste ist, ich muss anfragen, ob ihr den Hund nehmt oder nicht!"
„Geh mit hinein ins Haus, dann hören wir es gleich!"
„Freilich!", meuterte der Bauer, gleich nachdem er erfasst hatte, dass es um die Anschaffung eines Hundes ging. „So einen Drecktrager müsst ihr euch auch noch hertun! Habt ihr noch zu wenig Arbeit?" Warnend fügte er hinzu: „Und wenn irgendwo eine Hündin läufig ist, dann ist er nimmer zum Halten!"
„Es ist ein Weiberl", warf die Lisl ein.
„Dann habt ihr halt die anderen Köter rundum allesamt da! Aber tut euch nur das Kreuz auf!"

„Wir haben daheim allweil einen Bernhardiner gehabt", mischte sich die Bäuerin ein.
Unsicher geworden, schaute Nanni von einem zum andern.
„Hardl, was meinst du?"
„Ich hab da nichts zu bestimmen, aber wenn du mich fragst, schön wär es schon, wenn einer umeinanderlaufen tät!"
Des Buben Antwort gab den Ausschlag. Für etwas Schönes war die Hoftochter immer zu haben.
„Und einen Hund wenn du hast", wagte die Lisl zu sagen, „dann freut sich jedes Mal jemand, wenn du heimkommst!"
„Du musst ja so etwas sagen!" Der Bauer maß die Dirn mit einem ärgerlichen Blick und verließ die Küche.
„Wenn der Hund erst einmal da ist, dann mag er ihn auch", wusste die Bäuerin.
Nanni begleitete jetzt die Freundin vor die Türe.
„Du hast doch zuerst gesagt, du wärst noch wegen etwas anderem gekommen?"
„Ach ja, vor lauter Hund hätt ich beinah drauf vergessen!"
Die Lisl kramte in ihre Jackentasche und brachte eine Fotografie zum Vorschein. Ein Wirtshaus war darauf zu sehen, ein grob gezimmerter Tisch samt Bank stand davor. Ein Bursch und ein Mädchen spielten Zither, der Wirt, man erkannte ihn an der weißen Schürze, ein kastenförmiges Instrument. Die Kellnerin hatte eine Geldtasche am Gürtel hängen, zwei Mannsbilder rauchten Pfeife. In der Nähe

des Tisches tanzte ein Paar auf ungehobelten, ins Gras gelegten Brettern. Insgesamt waren zehn Personen auf dem Bild zu sehen.
Verständnislos schaute Nanni auf das Foto. „Was ist damit?"
„Siehst du den da?" Die Lisl deutete auf den jungen Zitherspieler. „Der tät mir gefallen!"
Als Nanni nicht gleich antwortete, fragte sie verliebt: „Gefällt er dir nicht?"
„Doch!", schwindelte Nanni. In Wahrheit gefiel ihr nur einer. Der Girgl!
Die Freundin wollte die Fotografie wieder an sich nehmen, aber Nanni zeigte auf den in einer Tanzpose abgebildeten Kerl. „Und wer ist das? Kennst du den auch?"
„Ja", antwortete die Lisl, „das ist der Jager Pföderl!"
Jetzt betrachtete Nanni den Mann näher.
Linkisch stand er da, mit einem wilden Bart im finsteren Gesicht. Unwillkürlich verglich sie die ungelenk wirkende Gestalt des Jägers mit der geschmeidigen Girgls. Von einer männlich anmutigen Erscheinung war bei dem Jäger keine Rede.
Irgendwie verspürte Nanni Erbarmen mit diesem Jäger Pföderl. Wenn sie ihn beschreiben hätte müssen, dann hätte sie es mit einem Wort können: „freudlos".
Wer oder was hatte ihn so freudlos werden lassen? Vielleicht ein Weib?
„Essen!", rief die Bäuerin aus der Küche.

„Schad“, sagte Nanni zur Freundin, „sonst wär ich ein Stück Wegs mitgegangen!“
„Macht nichts“, erwiderte die.
Einerseits bedauerte Nanni es, die Lisl nimmer begleiten zu können, andererseits war sie froh darüber.
Sie kannte sich selbst zu gut. Hätte die Lisl sie nach ihrem Schatz gefragt, dann hätte sie, Nanni, ihr alles gebeichtet. Sie wusste es aber aus Erfahrung, dass hier das Wort „geteilte Freude ist doppelte Freude“ nicht galt.
Ein Geheimnis, das nur zwei Liebende etwas angeht, wird durch das Ausplaudern schal.
Und das, überlegte Nanni, darf nicht sein!

❦

In ihrem neuen Miedergewand stand Nanni am Sonntag unten an der Brücke. Der Stoff hatte eine blassrosa Farbe, das helle Fransentuch eine Blumenbordüre, die am Oberarm gebauschten Ärmel waren mit einem handbreiten Samtband gerafft.
Der Bach führte viel Wasser und warf Tropfen auf ihre Schuhe. Ein Zaunkönig spazierte auf den Ufersteinen hin und her.
Denen daheim hatte sie weisgemacht, die Lisl und noch ein paar junge Leute würden sie dort abholen. Zum Tanzen, nach Schliersee hinein. Nanni sah an

sich hinunter, auf das Silbergeschnür am schwarzen Mieder und die helle Seidenschürze, so fein und zart gewebt, dass die malvenfarbenen Rockfalten hindurchschimmerten.
Der Girgl, dachte Nanni stolz, der wird Augen machen!
Aber es war allein sie, deren Augen sich weiteten, denn der Bursch kam nicht.
Das Dirndl wartete. Es konnte sich nicht dazu entschließen zu gehen. Vom Westenhofener Kirchturm hallten Glockenschläge zu ihr herüber. Zwei Uhr! Sie erschrak zutiefst. Um halb zwei war ausgemacht gewesen. Warum kam er nicht? Sie strengte ihr Gedächtnis an. Hatte sie ihn missverstanden?
Nein, sie konnte sich deutlich erinnern, er hatte zu ihr gesagt, sie solle um halb zwei bei der Brücke auf ihn warten.
„Und wenn du nicht da bist?“, hatte sie ihn gefragt.
„Ich bin da!“, war seine Antwort gewesen. „Die meiste Zeit bin ich vor dir da!“
Und jetzt war er doch nicht gekommen.
Hier konnte sie nicht länger stehen bleiben. Auf die Straße hinaus traute sie sich nicht, es hätte jemand des Weges kommen können und sie fragen, wo sie hin will.
Nanni stieg ein paar Meter den Hügel hinauf, hier hatte sie einen besseren Überblick, und schaute angestrengt in die Richtung des Unterschwaigerhofes, in der Erwartung, den Girgl dahergehen zu sehen.

Ihre Hoffnung wurde enttäuscht, weit und breit keine Spur von ihm. Halt, jetzt! Nein, es war doch nur ein Zaunsteften.

Langsam sich immer wieder umwendend und nach dem Burschen ausspähend, kehrte sie zum Hof zurück.

„Die Haushamer sind nicht gekommen“, schwindelte sie, „ich zieh mich wieder aus!“

Sie ging hinauf in ihre Kammer. Mit einer Lustlosigkeit, die sie bisher noch nie empfunden, tat sie alle Handgriffe, die notwendig waren, um das Festtagsgewand wieder abzulegen und jedes Stück an seinen Platz zu tun.

Sie legte den Hut mit der Goldschnur auf die Gewandtruhe, nahm sich die silbernen Nadeln aus dem Haar und legte die vielreihige Halskette ab. Sie löste das Schürzenband, ließ den Rock zu Boden gleiten, hob ihn auf, wendete ihn und hängte ihn in den Kasten.

Dann nahm sie den kleinen Spiegel von der Wand. Ein tiefblasses Gesicht sah ihr daraus entgegen und Augen, die jetzt fast schwarz wirkten.

Nanni legte den Spiegel beiseite, setzte sich auf den einzigen Stuhl im Raum. Sie fühlte sich den heftigsten Empfindungen ausgeliefert. Das alte, vom Vater eingeimpfte Misstrauen erwachte, wurde übermächtig, erschlug sie schier.

Der Girgl, er hatte sie ausgeschmiert!

Das Dirndl erhob sich vom Sessel und trat ans Fenster. Drüben am Huberspitz, da standen die Buchen schon entlaubt, reckten ihr kahles Geäst

gegen den Himmel. Der Herbst hatte sich eingestellt, der Winter würde ihm folgen.
Der Winter! Nanni graute vor ihm. Nicht vor seiner Kälte, seinem Frost, den eisstarren Tagen, dem frühen Dunkeln. Vor den Festen, die in seine Zeit fallen, graute ihr!
Die Engelämter, in der mit vielen Kerzen erleuchteten Kirche, der Nikolaus, an den kein Hausbewohner mehr glaubte, der aber dennoch eine Schüssel voll Nüsse, Äpfel und Lebzelten vor die Türe stellte. Die Christnacht wird kommen, in der von allen Seiten die Laternensterne herwandern zur mitternächtlichen Mette.
Was galt ihr das alles noch? Weniger als nichts! In ihrer Glücklosigkeit sah sie in dem allen nur noch eine leere Zeremonie. Zu der sie sich gezwungen sah mitzumachen, zu heucheln.
„Oh Gott!“ Nanni barg das Gesicht in den Händen.
Die Tür ging auf. Erst einen Spalt breit, dann weiter. Die Mutter trat ein.
„Du“, sagte die, bleich vor Ärger, „das ist aber nicht schön von der Lisl, dass sie dich versetzt hat!“
„Ach Mutter!“ Nanni hätte jetzt niemanden sehen wollen und auch nichts reden mögen.
„Soll ich den Hardl hineinschicken nach Schliers in die Post, dass er schaut, ob die Lisl drinnen ist? Vielleicht“, wähnte die Frau, „hat sie es vergessen, dass sie dir versprochen hat, sie holt dich ab?“
Nanni winkte ab. „Nein, nein!“
Die Frau spürte es, ihre Anwesenheit, ihre Hilfe

war nicht erwünscht. Sie sagte erzürnt: „Da musst jetzt nicht mit mir recht zuwider sein!“
„Bin ich ja nicht!“ Nanni gab sich innerlich einen Ruck.
„Dann komm herunter in die Stuben!“
„Gleich, lass mich noch ein paar Minuten allein!“
Nanni versuchte sich gut zuzureden. Der Bursch konnte vielleicht gar nichts dafür? Es konnte ihm etwas passiert sein? Er könnte krank geworden sein?
In heißer Ungeduld dachte Nanni daran, zum Unterschwaiger zu laufen und dort nach seinem Verbleib zu fragen.
Im nächsten Augenblick ließ sie den Gedanken wieder fallen. Nein, damit macht sie sich zum Gespött des ganzen Dorfes! Den Hardl, ja, den könnte sie hinschicken, unter einem Vorwand müsste der es auskundschaften. In einer Stunde hätte sie Klarheit.
So schnell wie diese Hoffnung in ihr entstanden war, so schnell erlosch sie wieder. Nein, sie durfte sich nichts vormachen! Es lag etwas anderes vor, etwas für sie Unerklärliches. Ihr Herz fühlte es.
Aber was? Eine andere?
Die Angst, ihn an ein anderes Mädchen verloren zu haben, schmerzte sie grimmig und raubte ihr jegliches Selbstwertgefühl. Sie war niemand mehr, nur noch ein verzweifeltes Bündel Mensch war sie noch.
In diesem Zustand konnte sie nicht hinuntergehen zur Mutter, zum Vater, zum Hardl.

Nanni legte sich aufs Bett und schloss die Augen. Unter den Lidern quollen die Tränen hervor.

❦

Nanni suchte sich in den folgenden Tagen bevorzugt Arbeiten, bei denen sie alleine war. Sie hackte im Schuppen Stroh kurz und kehrte im Speicher alle Spinnweben ab.

Dadurch gelang es ihr, ihr Liebesleid vor der Familie zu verbergen.

„So ein fleißiges Dirndl haben wir schon lang nimmer gehabt!“, scherzte die Bäuerin, froh darüber, dass Nanni zu Hause blieb und alle Tage früh zu Bett ging.

Nanni dachte immerzu an den Burschen, außer im Schlaf. Sooft sie auch versuchte, ihre Gedanken in andere Bahnen zu lenken, sie gingen stets im Kreis und kehrten immer wieder an denselben Punkt zurück.

Das Quälendste war die völlige Ungewissheit über sein Ausbleiben. Er hatte sich weder am Tag danach noch später wieder bemerkbar gemacht bei ihr.

Eine kleine Hoffnung lebte noch in ihr. Irgendwann, dachte sie, höre ich etwas von ihm. Oder durch jemanden über ihn.

Eines Morgens, der Himmel war mit grauschwarzen Wolken verhangen, eröffnete Nanni ihren

Leuten, sie gehe heute in den Wald, um den Platz noch aufzuräumen, auf dem der Vater und der Hardl eine riesige Fichte gefällt hatten.
„Lass doch die Prügel liegen", meinte der Vater, „wenn du sie zusammenziehst, schneit es sie ein. Wart halt bis zum Frühjahr!"
Nanni nahm eine kleine Hacke und steckte einen Apfel und ein Stück Brot ein. „Mit dem Mittagessen braucht ihr nicht auf mich warten."
Am Holzplatz angekommen, trug sie einen Arm voll dürres Reisig zusammen und entfachte ein Feuer. Sie begann, das verstreut herumliegende Holz zu entästeln. Das kleine Zeug warf sie in die Flammen, die starken Äste schichtete sie auf einen Haufen.
Nach Stunden machte sie Brotzeit.
Wie spät wird es sein? Nanni hatte keine Uhr dabei. Während der ganzen Zeit waren in nicht allzu weiter Entfernung Axtschläge zu hören gewesen, dann wieder der Obachtruf mit dem gleich darauf folgenden Krachen des stürzenden Baumes. Es mussten Holzer in der Nähe sein!
In Nannis Kopf entstand ein Plan. Sie wird zu den Männern hinübergehen und nach der Uhrzeit fragen. Vielleicht erfährt sie von ihnen etwas über den Girgl? Nur ein einziges Sterbenswörtchen wollte sie herausbringen über seinen Verbleib.
Die Holzer unterbrachen ihre Arbeit, als das Dirndl auf dem Holzschlagplatz erschien. Sie wurde sofort erkannt.
„Ah, die Nanndl!" Neugierigen Blicken hatte sie

standzuhalten, während sie über die geschlagenen Stämme einen Weg zu ihnen suchte.
„Hat einer von euch eine Uhr dabei?", fragte sie.
„Freilich", wurde ihr erwidert, „es ist genau drei!"
Nanni bedankte sich für die Auskunft, richtete sich aber nicht sofort zum Gehen.
Einer der Männer fragte augenzwinkernd: „Fürchtest du dich nicht allein im Holz heraußen?"
Nanni gab sich aufgeräumt: „Nein, ich hab keine Bedenken, dass mir jemand etwas tut." Munter fügte sie hinzu: „Oder ist bei euch ein recht Gefährlicher dabei?"
„Woher denn? Wir sind lauter Brave!"
„So was darfst nicht laut sagen", mischte sich ein anderer ein, „die Braven sind ja gar nicht so geschätzt beim Weibervolk!"
Das Dirndl erkannte, mit den Späßen, die da hin- und hergingen, mit denen kam sie auf keinen grünen Zweig. Und, obwohl sie erst eine kurze Zeit hier stand, kam es ihr doch vor, als hätte sie schon viel zu lange hier verweilt.
Sie nahm allen Mut zusammen und fragte: „Ist der Holzknecht, der beim Unterschwaiger logiert, auch irgendwo umeinander da?"
„Den Jennerwein meinst", erwiderte der Gefragte listig, „der ist nicht unter uns. Aber magst nicht derweil mit mir vorlieb nehmen?"
Nanni fühlte sich ertappt. Zuerst hatte sie nach der Uhrzeit gefragt und jetzt interessierte sie sich für den Jennerwein!
Ein älterer Holzer schaute sie auch halb spöttisch,

halb mitleidig an. „Aber Dirndl“, meinte er, „was tätest denn mit dem Hackl?“
Nanni spürte, dass sie rot wurde. „Unser Hardl tät ihn brauchen“, redete sie sich hinaus.
Sie hob grüßend die Hand, warf den Kopf in den Nacken und schritt leichthin aus. Sie bemühte sich, sich den Anschein völliger Unbeschwertheit zu geben; innerlich bebte sie. Die Verstellung hatte sie Nerven gekostet.
Wie dumm hatte sie sich angestellt, hatte nichts in Erfahrung gebracht, sich nur verraten, dass sie den Georg Jennerwein kannte.

Zur Feuerstelle zurückgekehrt, schob sie mit einem langen Prügel alles Geäst, das rund ums Feuer lag, zur Seite, so dass die roten Zungen, die daraus hervorleckten, keine Nahrung mehr fanden.
Sie suchte ihr Werkzeug zusammen und wandte sich zum Gehen. Noch einmal überschaute sie alles, was zurückblieb. Den Prügelhaufen und das langsam ersterbende Feuer. Einzelne Funken wirbelten auf, schwangen sich empor und fielen als graue Asche zurück.
Wenn ein Wind aufkäme, überlegte Nanni, dann ginge es dahin mit dem Wald! Sollte sie den Glutstock auseinander kratzen, die Funken zertreten oder mit einem Holzscheit zerschlagen? Sie entschloss sich es zu tun.
Während dieser Arbeit musste Nanni einmal nicht an ihr Unglück denken. Als ihr dies bewusst wurde, verspürte sie Dankbarkeit dafür.

„Du gehst ja gleich gar nimmer heim“, meinte die Mutter, als Nanni das Haus betrat.
„Ich hab das Feuer noch ganz auseinander gekratzt“, antwortete Nanni. „Bin ich abgegangen daheim?“
„Ja, du hättest den Hund abholen sollen in Hausham. Jetzt musst halt nach der Stallarbeit noch hinausgehen!“
Nanni nickte willig. Jede Abwechslung war ihr willkommen, war ihr Ablenkung, auch wenn sie es fühlte, dass alles nur einer Betäubung gleichkam.
Ob Nanni es wollte oder nicht, während des Melkens weilten ihre Gedanken schon wieder beim Girgl. „Was tätest denn mit dem Hackl?“, hatte der Holzknecht sie gefragt. Oh, wenn der wüsste! Unter seinesgleichen mag der Girgl schon ein rauer Kerl sein, nicht grad der Allerfeinste halt, aber ihr gegenüber hatte er Worte gefunden, von denen sie nie geglaubt hatte, sie von ihm zu hören, feinfühlig und voller Liebe. Worte, die sie nie vergessen würde.

❦

Es war kaum zu fassen, und wenn Nanni es nicht selber gesehen hätte, tät sie es nicht glauben. Der kleine Hund verließ seine Mutter und seine Geschwisterchen und ging schnurstracks auf den von Nanni mitgebrachten Korb zu. Er ließ sich hinein-

heben, als ob er genau wüsste, dass er hier nicht bleiben konnte.
„Bei euch kriegt er einen guten Platz“, sagte die Lisl zu Nanni und tröstete sich damit selbst.
„Ja“, entgegnete die, „ich schau schon, dass ihm nichts abgeht! Der Hardl muss ihm ein schönes Haus machen. Aber die ersten Wochen soll er herinnen schlafen, damit er sich nicht allein fühlt. Ich hab ihm im Hausgang ein Bett hergerichtet. Geh mit, dann kannst es sehen, wo er schläft!“
Die Freundin war gleich dabei. Den Korb in der Mitte, brachen sie auf.
„Um zwölf Uhr sperr ich zu!“, scherzte Lisls Dienstherr.
„Ist schon recht, Bauer“, erwiderte die Magd lachend.
Die Nacht war hell, ein voller, blanker Mond zog seine Bahn. Nur wenige Sterne waren es, die den dunkelblauen Himmel bestickten.
Eine solche Nacht hatte Nanni auch mit dem Girgl schon erlebt. Das Bedürfnis, sich der Freundin anzuvertrauen, wurde auf einmal übermächtig in ihr. Sie ahnte zwar, dass dies höchst unklug war. Trotzdem entschloss sie sich, jetzt mit der Lisl darüber zu reden.
„Lisl“, begann sie einleitend, „hast du eigentlich von den zwei Burschen, die wir beim Maitanz im Gmund drüben kennen gelernt haben, noch mal was gesehen oder gehört?“
„Nein“, erwiderte die Lisl.
„Ich schon!“, gestand Nanni.

„Du schon?“ Die Freundin war überrascht.
„Ja, Lisl“, sagte Nanni, „ich erzähl es dir jetzt ganz genau, wie es hergegangen ist!“
Die Lisl erfuhr nun, wie der Girgl das erste Mal auf den Hof gekommen war, dass sich die Mutter von dem guten Aussehen des Burschen beeindruckt gezeigt hatte, der Vater dagegen nicht. Dann berichtete die Nanni noch von dem Treffen am Tölzer Markt und den darauf folgenden, häufigen Sich-Sehen in der Waldeinsamkeit, bis zu jener vergeblichen Warterei an der Schlierachbrücke.
„Die Lieb hat nicht lauter Schönes“, seufzte Nanni leise.
„Das hättest du dir alles ersparen können“, meinte die Lisl.
„Wieso?“ Über diesem Vorwurf vergaß Nanni für Augenblicke ihren Verdruss. Was meinte die Freundin damit?
„Hättest dir um einen anständigen Burschen geschaut! Einen, der von deinem Vater aus ins Haus kommen hätt dürfen! Mit dem du dich nicht heimlich sehen musst!“
Nanni schwieg dazu. Die Lisl, dachte sie, weiß ja gar nicht, wovon sie redet! Sich einen anderen wie den Girgl suchen! Weil so viel umeinander laufen, die so sind wie er!
„Ich weiß schon, was du jetzt denkst“, meinte die Freundin.
„Was denn?“
„Du vergleichst den Girgl im Geiste mit den anderen Burschen, die du kennst, und die schneiden alle

schlecht dabei ab. Sie sind dir zu ruhig, zu wenig fesch, haben zu wenig Temperament. Aber merk dir, was du jetzt mit dem Girgl erlebst, tät dir mit einem von denen nicht so leicht passieren. Du bist selber schuld, wenn du dich mit einem Hallodri einlässt!“

Bei dieser Strafpredigt regte sich in Nanni deutlich der Widerspruchsgeist. Und auch ein leises Misstrauen. Ist ihr die Lisl gar um den sauberen Burschen neidig?

„Du kennst ihn ja kaum“, meinte sie.

„Das, was ich in Gmund von ihm gesehen und gehört hab, das hat mir gelangt! Wie er das vom Sägstüberl und den Weibern, die er und sein Freund da hinzerren, erzählt hat, da hab ich mir das Meinige gedacht. Aber du hast ja dort schon so gesponnen mit ihm, dass gleich die Lichter ausgegangen sind!“

„Spinnen ist auch schön!“, trotzte Nanni. Trotz ihres Kummers musste sie lachen.

Gleich danach wurde sie wieder ernst und fragte die Freundin in teils verzagtem, teils hoffendem Ton: „Meinst, dass der Girgl wieder einmal kommt? Irgendwann?“

„Du wartest also noch auf ihn?“ Die Lisl streifte Nanni mit einem entrüsteten Blick.

„Ich glaub, ich werd immer warten!“, gestand Nanni. Sinnend fügte sie hinzu: „Ich begreif es nicht! Manchmal denk ich mir, es geht nicht mit rechten Dingen zu!“

Die Lisl lachte kurz auf: „Es ist noch nie mit rechten Dingen zugegangen!“

„Warum nicht?“ Nanni konnte es sich nicht denken, was die Freundin damit sagen wollte.
„Weil du nimmer auf dem Boden bist! Du schwebst in einer Wolke!“
Verwundert schaute Nanni unterm Gehen zur Freundin hinüber. Wie weiß die das alles? Woher weiß sie es, dass ihre Liebe zum Girgl sie über alle Ungelegenheiten trägt?
Als es im Sommer einmal wochenlang regnete und das gemähte Heu auf den Wiesen grau wurde, so dass es nur noch Einstreu war, als die junge Kuh, von Nanni selbst aufgezogen, sich das Bein brach, ja selbst, als der Vater krank dalag – jedes Mal hatte ihr das Wissen um ihre innige Beziehung zu dem Burschen darüber hinweggeholfen.
Die Freundin wusste noch mehr: „Du denkst, ich bin dir neidig um den Girgl, aber ich wollte dich nur warnen! Du bist für ihn nichts als ein williges Spielzeug!“
Nanni überlegte. Sollte sie der Lisl auch das noch sagen, dass der Girgl sein Leben als leer bezeichnet hatte, ehe er sie, Nanni, traf?
Sie entschloss sich zu schweigen. Nein, dieses Geheimnis lässt sie sich nicht entreißen.
Während ihres Gesprächs hatten die zwei den Gasthof Prinzenweg erreicht. Vom See herauf strich der Wind, er bewegte Bäume und Sträucher und ließ die Fahne, die seit dem vergangenen Kirchtag vor dem Wirtshaus gehisst war, wild knattern. Wie eine riesige Schlange krümmte sich das Schattenbild des Tuches auf der mondbeschienenen Straße.

„Schau hin, direkt zum Fürchten!“, machte die Lisl die Nanni aufmerksam.
Die Dirndln wichen dem Ungeheuer aus, das sich vor ihnen wälzte und bäumte und wand.
Abwechselnd langten sie in den Korb hinein. Der kleine Neufundländer schien zu schlafen.
„Eine Feine bist du schon“, lachte die Lisl mittendrin auf. „Du rechnest damit, dass sich der andere wieder bei dir meldet, und nebenbei holst du dir einen Hund ins Haus. Da kann er sich ja gar nimmer hertrauen, so ein Vieh spannt doch gleich alles und meldet!“
„Oh, daran, hab ich noch gar nie gedacht“, gab Nanni zu.
„Das glaub ich dir“, spottete die Lisl.

Mittlerweile hatten sie den Hof erreicht. Sie betraten den Hausgang. Nannis Mutter erschien unter der Stubentür. „Habt ihr ihn?“
Nanni langte in den Korb, holte das kleine, pechschwarze Hundekind heraus und setzte es auf den Boden.
„Du lieber Himmel, ist das was Nettes!“, freute sich die Bäuerin.
„Der ist ja nett“, höhnte der Bauer, der sich inzwischen dazugesellt hatte. Verärgert aufschnupfend strebte er der Schlafkammertür zu.
Der Hardl nahm das Tier auf den Arm. „Wie heißen wir ihn denn? Donau? So wie dem Förster Mayr seine Dogge geheißen hat?“
Der Hardl interessierte sich zur Zeit für Wilderer-

geschichten, besonders für die vom wilden Jager von Gmund.
Die Lisl erklärte dem Hardl: „Es ist ja ein Weiberl!“
„Dann sagen wir Mädi dazu“, schlug die Bäuerin vor.
„Das tät mir gefallen“, meinte die Lisl. „Aber ihr müsst es unter euch ausmachen. Ich geh jetzt wieder heimzu!“
Nanni brachte die Freundin vor die Tür.
„Bittschön!“ Nanni legte den Zeigefinger auf die verschlossenen Lippen. Die stumme Bitte, über das Gehörte zu schweigen, wurde von der Lisl wohl verstanden.

❦

War es Zufall oder Fügung? Nanni hackte hinter dem Schuppen Holz, da blieb auf dem Sträßchen, das schattseitig am Hof vorbeiführt, ein Mann stehen und winkte dem Dirndl zu.
Der Sepp war es. Jener Sepp, der damals mit dem Girgl in Gmund drüben dabei gewesen war.
Nanni winkte freudig zurück. Für sie war das Erscheinen des Burschen fast wie ein Gruß vom Girgl.
Daraufhin kam der Sepp näher. Kopfschüttelnd zeigte er auf den Hackstock. „Aber Nannerl, das ist doch für dich keine Arbeit!“

„Ich klieb grad die, die leicht voneinander gehen“, erwiderte das Mädchen, „die astigen muss der Hardl auseinander schlagen!“ Nanni legte die Hacke auf den Stock. „Wo kommst denn du her?“ Sie hatte sich entschlossen den Burschen einige Zeit aufzuhalten. Die Hoffnung, durch ihn etwas über den Geliebten zu erfahren, beherrschte ihr ganzes Denken.

„Von daheim“, entgegnete der Sepp.

„Und wo willst hin?“

„Nach Schliers hinein! Ich muss in der Gemeinde das Aufgebot bestellen!“

„Oha, du möchtest heiraten?“

„Ja, vor Kathrein noch!“

„Ist das wirklich wahr? Oder schwindelst du mich nur an?“

„Freilich ist es so! Sonst tät ich es ja nicht sagen!“

„Ja, ja!“ Im Grunde war es Nanni unwichtig, ob aus dem Sepp ein Ehemann wurde oder nicht. Sie überlegte krampfhaft, wie sie die Rede auf den Girgl bringen könnte. Sie knüpfte an das Geredete an: „Heiratet dein Freund auch bald?“

„Der Girgl?“ Ein verzwicktes Lächeln kam in Sepps Augen. „Der Girgl hat ausreißen müssen, sonst hätten sie ihn eingezogen!“

Nanni begriff nicht, was sie gehört hatte.

„Eingezogen hätten sie ihn, sagst du? Das gibt es doch gar nicht! Der Krieg ist ja schon lang aus!“

Der Bursch lachte höchst belustigt auf. „In den Krieg hätt er nicht hinaus brauchen! Eingsperrt wär er worden, weil sie ihn beim Wildern erwischt

haben. Man hat ihm sogar eine hinaufgeschossen! Mit der Kugel im Leib ist der Girgl ins Tirolerische hinüber. Zum Bader in Landl, damit sie ihm der rausschneidet!"
Ihre Stimme gehorchte ihr kaum: „Und wo steckt er jetzt?"
Sie fühlte ihr Herz aufgeregt pochen. Gleich würde sie es erfahren, ob der von ihr so sehr Vermisste bereits wieder in der Gegend weilte.
„Der Girgl bleibt wahrscheinlich noch eine Zeitlang im Tirolerischen, bis Gras über die Sach gewachsen ist!"
Vom Westerberg herüber kam der Hall eines Schusses.
„Kann sein", grinste der Sepp, „dass er schon wieder da ist!"
Er wurde jetzt ernst: „Der Girgl hat es gar zu arg getrieben die letzten Monat her. Beim helllichten Tag ist er mit dem Stutzen ausgerückt und hat die Jager getratzt, wie sie es 'braucht haben! So etwas tut nie lang gut!"
Er wandte sich zum Gehen: „Aber jetzt, behüt dich Gott! Und sei nimmer gar so fleißig!"
„Behüt dich Gott, Sepp! Ich geh dir in die Hochzeit, wenn du mich einlädst!"
In Nanni erwachte Jubel. Alles ist dem Girgl verziehen! Alles! Wie hatte sie nur gleich so verzweifelt sein können? So mutlos! Und so misstrauisch!
Hatte sie nicht angenommen, der Bursch vergnügte sich anderswo? Derweilen musste er sich verwundet über die Grenze schleppen. Das Dirndl emp-

fand plötzlich größtes Mitleid mit ihm. Was mag er mitgemacht haben? Ach, wenn sie ihm doch helfen hätte können!
Nanni nahm ihre Arbeit wieder auf, spaltete Scheit um Scheit und warf es zum Haufen. Es dämmerte bereits, als das letzte Trumm zur Erde purzelte. Sie räumte ihr Werkzeug auf und ging zum Haus vor. Unter der Türe drehte sie sich noch einmal um und schaute sehnsüchtig in die Berge hinein. Hinter denen lag das Land Tirol.
„Girgl", flüsterte sie innig, „mein lieber Bub!"

Fremde Leute kamen das Weglein zum Hof herauf, zwei weibliche Personen waren es. Als sie die Nanni entdeckten, blieben sie stehen: Die ältere der beiden hatte eine Frage an das Mädchen. „Du kannst es uns gewiss sagen, wo es da zum Unterschwaigerbauern geht?"
„Ihr seid auf dem richtigen Weg! Es ist nimmer weit, vielleicht eine halbe Stund noch!"
„Dankschön!"
„Kein Dankschön, hat leicht sein können!" Nanni war mit ihrer inwendigen großen Freude überfreundlich. Mit Wohlwollen betrachtete sie die Frauen. Eine Haut wie Milch und Blut hat die Junge, stellte sie fest. Wahrscheinlich sind die zwei Verwandte vom Unterschwaiger?
Ihre sonst ewig wache Eifersucht regte sich heute nicht.
Der Girgl würde das fesche Frauenzimmer nicht zu Gesicht bekommen, er war ja nicht da.

Als Nanni gleich darauf die Küche betrat, saß die Mutter auf der Bank und butterte.
„Übermorgen kannst du die Pfarrersköchin mit Butter beliefern! Derweil hab ich so viel beisammen!"
Im Stampfer drinnen fing es zu patschen an. Ein Zeichen, dass aus dem Rahm Butter geworden war. Die Bäuerin nahm jetzt die Masse aus der Buttermilch, formte mit den Händen einen großen Ballen und presste durch Schlagen die restliche Milch aus ihm heraus. Anschließend verzierte sie ihn mittels einer Holzform.
Dann musste das gesamte Geschirr noch gewaschen werden. Diese Arbeit übernahm Nanni.
„Es ist spät geworden", sagte die Bäuerin, „das Butterstampfen ist heut so lang hergangen!"
Nanni lächelte in sich hinein. So ein Tag wie heute, so ein Tag des Glücks, konnte gar nicht lange genug dauern.

❦

Funkelnde Sterne standen am Himmel, als Nanni das Haus verließ, um vier Butterwecken in den Pfarrhof zu tragen. Einen Fünfpfünder, einen Dreipfünder und zwei Einpfünder.
Die Nacht war kalt, die Wasserlachen auf der Straße bedeckte eine Eisschicht. Sie barst unter Nannis Schuhen.

Sie erinnerte sich: Als Kind hatte sie sich ein Vergnügen daraus gemacht, diese hauchdünnen Spiegel zu zertreten, dem leisen Knistern und Krachen zu lauschen.
Die Butterwecken hingen unkommod im Netz, sie hätte einen Korb nehmen sollen. Sie schritt rascher aus, um die Last eher loszuwerden.
Mit einem Mal trat ihr von der linken Seite her, aus der Wiese, jemand entgegen. Eine aufrechte Gestalt.
Der Girgl! Ja, er war es!
Da, wo sie standen, umarmten sie sich. So, als ob sie sich nie mehr auslassen würden. Nie mehr!
„Girgl! Du! Endlich!"
Er presste sie an sich.
„Lang bist du fort gewesen, ewig lang", flüsterte sie.
Er musste genauso unter der Trennung gelitten haben, denn er nickte: „Das war was!"
„Ich hab' immer gewartet", seufzte sie.
„Hast du gewusst, wo ich bin?", fragte sie der Bursch.
„Lange Zeit nicht! Erst wie ich den Sepp getroffen hab, hab ich es erfahren!" Sie berichtete ihm von jenem Zusammentreffen mit seinem Freund. „Zuvor hab ich überhaupt nichts mehr gewusst von dir! Du glaubst es nicht, wie ich mich gesorgt hab um dich!" Sie verbesserte sich: „Was heißt gesorgt? Ich hab ja gar nimmer gewusst, was ich denken soll!"
„Ich hab dir keine Botschaft mehr geben können", sagte der Bursch bedauernd. „Außerdem, da ver-

geht dir alles, wenn du so einen Bleibatzen drinnen hast in dir!“

„Hast du Wehdam gehabt?“ Nanni umfing sein Gesicht mit ihren Händen.

„Hör auf“, antwortete der Girgl. „Ich möcht’ es kein zweites Mal mitmachen müssen!“

„Oh, mein armer Bub!“

„Reden wir nimmer davon!“, erwiderte er.

Ihr fiel es wieder ein, weswegen sie unterwegs war.

„Girgl“, sagte sie, „es hilft alles nichts, ich muss zuerst im Pfarrhof etwas abliefern. Das hab ich aber gleich. Wartest du mir da?“

„Ich geh mit dir mit!“, erwiderte er.

Das Dirndl war überrascht von dieser seiner Anhänglichkeit. Wie ein Lamm blieb er an ihrer Seite, lief neben ihr her. Er muss narrisch Zeitlang gehabt haben nach mir, dachte sie.

In unmittelbarer Nähe des Pfarrhauses mussten sie sich trennen. „Da wart ich!“, sagte er halblaut.

Das Mädchen hatte es eilig, seinen Auftrag hinter sich zu bringen.

Die Bäuerin hatte jeden Wecken mit Holzmodeln verziert. Die kleineren verschönte eine Blüte und auf den großen Butterballen flüchtete ein Hirsch vor dem Büchsenschuss eines Jägers.

Das alles wurde von dem Herrn Pfarrer und seiner Köchin gebührend bewundert und belobigt.

Sich zur äußerlichen Gelassenheit zwingend, innerlich aber voller Unruhe, wartete Nanni, bis die Köchin die Wecken verstaut hatte und ihr das Geld dafür aushändigte.

Weil die aber die passenden Münzen nicht fand, musste der Pfarrherr in seiner Barschaft nachschauen. Und dann wurden dem Dirndl noch schöne Grüße für die Eltern aufgetragen. Es war eine harte Geduldsprobe für Nanni.
„Das hat lang gedauert", sagte der Girgl, als sie endlich wieder neben ihm stand.
„Du weißt ja, wie es hergeht", entschuldigte sie sich. „Da wird gefragt, wie es daheim geht, ob alles gesund ist, und auslassen tun sie einen nimmer!"
Der Girgl war inzwischen etwas aufgetaut, schien sich gefasst zu haben, denn er sagte zu Nanni: „Hättest es halt dem Pfarrer und seiner Haushälterin gesagt, dass du keine Zeit hast, weil du zum Girgl hinaus musst!"
Er lachte unterdrückt auf und Nanni lachte mit ihm. Ach, wie ihr das alles abgegangen ist! Sein Humor, seine Verwegenheit!
Im Licht der Sterne schaute sie in sein Gesicht. Er kam ihr noch säubriger vor wie in früherer Zeit.
„Hast du auch so Zeitlang gehabt nach mir, wie ich nach dir?", flüsterte sie.
„Ja", erwiderte er mit verhaltener Stimme.
Er half ihr dabei, den Bach an einer Engstelle zu überqueren, denn er suchte einen Platz, an dem sie ungestört waren.
„Bist nass geworden?", erkundigte er sich, als sie sich beide drüberhalb des Wassers in der Wiese befanden.
Sie verneinte. Selbst wenn sie nasse Füße bekommen hätte, sie hätte es ihm verschwiegen.

Nanni spürte seine Wange an ihrem Hals. Wie überaus lind und zärtlich er sein konnte, der ansonsten so lebhafte und stürmische Bursch!

„Wie lang bist du denn schon daheim?“, fragte ihn Nanni hernach.

„Seit drei Tag“, antwortete er. „Ich bin ja schon ein paar Mal hervorn gewesen bei euch, aber“ – er sagte es in gespieltem Unmut – „sie geht nicht raus aus dem Haus!“

„Oh, das wenn ich geahnt hätt!“, jammerte die Nanni.

„Das eine Mal hätt mich um ein Haar euer Hardl erwischt, er ist so nah an meinem Versteck vorbeigesaust, wenn ich die Hand ausgestreckt hätt, wäre er an mich hingerannt.“

Nanni lachte bei dieser Vorstellung. Der Bursch wähnte: „Vielleicht hat der Lauser auch schon eine auf der Seitn?“

„Das halt ich für unmöglich“, meinte Nanni, „er ist ja noch ein halbes Kind!“

„Weißt du“, hörte sie den Girgl unvermittelt fragen, „was mir, wie ich in Tirol war, auch Kopfzerbrechen gemacht hat?“

„Nein! Was?“

Der Bursch führte mit der Rechten eine bezeichnende Geste aus, beschrieb mit ihr einen Bogen unter seiner Brust.

Nanni begriff. Sie schüttelte den Kopf: „Nein, ich krieg kein Kind!“

Er nickte sichtlich erleichtert. „Dann ist’s recht! Das wär’ mir grad noch abgegangen. Aber wenn

eines so drinhängt im Schlamassel, dann sieht man halt auf der ganzen Linie schwarz!"
„Warum", sagte die Nanni, von seiner Einstellung ein wenig enttäuscht, „wäre das so schlimm gewesen?"
„Dich hätten sie halt daheim hinausgeschmissen", entgegnete er.
Um sie ging es ihm also! Wirklich um sie allein?
Das Dirndl versuchte ihn zu verstehen und wollte die neue Glückseligkeit nicht schon wieder verlieren, wollte sie festhalten. Bestimmt hatte er in den vergangenen Wochen viel Ungutes mitgemacht, er war krank, arbeitsunfähig gewesen.
Sie umschlang ihn mit beiden Armen. „Es richtet sich alles! Jetzt ist einmal das Wichtigste das, dass du wieder da bist!"
Mehr zu sich selbst als zu ihm sagte sie: „Bald kommt Weihnachten. Ich hab Angst davor gehabt, aber jetzt freu ich mich drauf!"
Er erwiderte lebhaft: „Derweil sehen wir uns ja noch ein paar Mal!"
„Ja!" Wie schön das Leben wieder war!
„Wir treffen uns übermorgen bei dem Hütterl im Wald drüben! Und wenn es bis dahin einen Schnee abgibt, dann tret ich dir eine Spur!"
„Übermorgen ist der Heilige Abend!", erinnerte sie ihn.
„Kannst du da nicht kommen?"
„Doch, doch!"
Noch nie war es vorgekommen, dass sie ihn versetzt hatte. Einmal war Verwandtschaftsbesuch da

gewesen, trotzdem hatte sie eine Ausrede gefunden, um zum Girgl zu kommen, um ihn nicht umsonst warten zu lassen.
Er wusste das: „Dir fällt schon was ein!"
Ein Bussl noch, eine innige Umarmung in tiefem Einverständnis, dann trennten sich die zwei. Nur für kurze Zeit – so tröstete sich die Nanni diesmal.

❦

Der Heilige Abend war gekommen. Es ging ein schneidender Wind. Zum richtigen Schneien war es zu kalt, nur einzelne Schneeflocken stoben durch die Luft.
„Meinst, dass wir ein paar Mettenwürste holen sollen?", fragte die Bäuerin ihre Tochter. „Ich denk, es ist gescheiter, wir verzichten heuer darauf und kochen uns etwas anderes. Dann brauchst du bei der Kälte nicht bis Schliersee hineinlaufen!"
„Ach nein, Mutter, ich hol gern welche!" Bei der Nanni stand das Treffen mit dem Girgl auf dem Spiel.
„Dann darfst dich aber warm einmachen", meinte die Mutter besorgt.
„Das tu ich schon!"

Das war vor zwei Stunden gewesen. Jetzt stand die Nanni unter dem Vordach der kleinen Hütte und schaute nach dem Burschen aus.
In Fingerlänge hing der Raureif am Gezweig der

Büsche und Bäume. Manche Staude bog sich unter dem schwarzen Behang bis zur Erde hinab. Auf der dünnen Schneedecke lag funkelndes Eis. Und inmitten dieser Pracht ging der Girgl daher.
„Gott sei Dank, dass du gekommen bist“, begrüßte ihn Nanni.
„Es war doch ausgemacht“, erwiderte er ihr.
„Ja, aber es hätt ja sein können, dass du wegen irgendwas nicht gehen hättest können. Und heut ist doch der Heilige Abend! Das wär für mich ja gar kein Weihnachten mehr gewesen, wenn wir uns nicht vorher noch gesehen hätten.“
Nanni wusste es, sie gab sich ihm mit solchen Äußerungen gänzlich in die Hände. Und sie fragte sich, ob es gut ist, wenn ein Mannsbild es weiß, wie viel es einem bedeutet. Aber sie konnte und wollte sich nicht verstellen, kein bisschen Falsch sollte von ihr aus sein zwischen ihnen.
„Kalt ist es heut“, sagte er darauf nur.
Nanni langte in ihre Tasche. „Ich hab dir etwas mitgebracht!“ Sie hielt ihm ein längliches Paket entgegen.
Er zögerte, es anzunehmen. „Was ist das?“, wollte er wissen.
„Ein Trumm Geräuchertes!“ Sie lächelte ihn an.
„Das braucht ihr ja selber“, meinte er. „Ihr seid ja vier Leut!“
„Wir haben eine halbe Sau im Kamin hängen“, erklärte sie ihm. Sie ahnte es, es widersprach seinem Stolz, sich das Fleisch, das sie daheim heimlich genommen hatte, schenken zu lassen.

Schließlich ergriff er das Päckchen und legte es neben sich in den Schnee.
Er langte in seine Joppentasche: „Ich hab auch etwas für dich!"
Er übergab ihr ein winziges Schächtelchen. Sie öffnete es. Ihre Finger zitterten ein wenig dabei.
Zwei kleine, wohl geformte Hirschgrandeln lagen darin.
„Girgl, etwas Schöneres hättest du mir nicht schenken können!"
„Davon kannst du dir Ohrringl machen lassen!"
Nanni hob die Arme, umhalste ihn.
Der Girgl bückte sich und raffte ihren Rocksaum.
„Du", machte sie einen Versuch ihn an seinem Tun zu hindern, „heut nicht! An so einem heiligen Tag!"
„Ah, du wärst schon nett", protestierte er, „was hat denn das mit diesem oder jenem Tag zu tun?"
Wie immer ließ ihn Nanni gewähren. Mehr noch. Als er sie darum bat, ihre Bluse aufzumachen, erfüllte sie ihm auch diesen Wunsch.
„Oder friert dich dann?"
„Nein!"
„Ich mag das so gern", gestand er ihr, „weil du einen so schönen Busen hast!"
Ein Baum ächzte im Wald oben.

Der Girgl hob sein Geräuchertes vom Boden auf.
„Jetzt musst heimgehen", sagte er zu Nanni, „sonst frierst noch an!"
„Dann muss ich ja da stehen bleiben bis zum Frühjahr!", scherzte sie.

„Ja, und ich komm jeden Tag her", lächelte er spitzbübisch.
Das Dirndl wandte sich zur Heimkehr, es wartete aber noch auf etwas.
„Warum gehst jetzt nicht?", fragte er.
Nanni gab keine Antwort.
„Ach ja", sagte er ihr, „wir sehen uns erst nächstes Jahr wieder."
Sie starrte ihn erschrocken an.
Er schmunzelte: „Sind ja nur noch ein paar Tag!"
„Eine Woche!", berichtigte sie ihn.
„Es geht aber nicht anders", erklärte er ihr, „ich muss wieder einmal zu meiner Mutter nach Gelting hinaus. Sie ist erst da gewesen in Schliersee, hat mich aber nicht angetroffen und jetzt liegt ein Brief da von ihr, ich soll unbedingt heimschauen!"
Nanni erinnerte sich jetzt an die beiden Frauen, die bei ihr nach dem Unterschwaiger gefragt hatten.
Nachdenklich geworden sagte sie: „Du, ich glaub gleich gar, dass das deine Mutter gewesen ist, die sich bei mir nach dem Weg erkundigt hat. Sie war aber nicht allein, sie hat jemanden dabei gehabt!"
„Davon weiß ich nichts!", erwiderte er.
„Vielleicht eine Verwandte von euch?", wähnte Nanni.
Er hob gleichgültig die Achseln: „Außer meinem Halbbruder hab ich keine Verwandten!"
„Girgl", Nanni forschte beunruhigt in seinem Gesicht, „könnt es sein, dass du von da, von Westenhofen, wegziehst, nach Gelting hinaus?"
Er winkte energisch ab: „Keine zehn Ross bringen

mich nimmer in die Wolfratshauser Gegend. Da herinnen in den Bergen ist es ein ganz anderes Leben!"
Sie trat auf ihn zu, gab ihm die Hand: „Dann behüt dich Gott!"
„Behüt dich Gott derweil!"
Nanni stapfte den Weg zu ihrem Daheim hinauf. Sonnenstrahlen trafen auf die im Wind tanzenden Schneeflöckchen, es sah aus, als ob die Welt voll glitzernder Fäden hinge.

Die Mädi tappte Nanni entgegen, als sie das Haus betrat.
„Ja, wer kommt denn da?"
Die Lisl hatte recht gehabt, als sie meinte, wer einen Hund besitzt, der wird bei jedem Heimkommen freundlichst begrüßt.
Nanni nahm das junge Tier auf den Arm und drückte es an sich.
Die Bäuerin gab ihrer Tochter ein beschwörendes Zeichen. „Der Vater ist heut nicht gut aufgelegt! Wenn er es sieht, dass du mit dem Hund herumtust, fürchtet er gleich wieder, die ganze Arbeit bleibt liegen!"
Nanni gehorchte und setzte die Mädi auf ihr Polster.
„Und warum ist der Vater grantig?", wollte sie wissen.
„Er ist nicht gut beisammen und über den Hardl muss er sich auch die ganze Zeit ärgern. Seit sich der Bub von seinem Ersparten und von dem Geld, das

er in Tölz verdient hat, ein Gewehr gekauft hat, steht er jede freie Minute hinterm Haus und schießt auf das Brett, das er sich extra dafür an den Verschlag genagelt hat!“

Dass denn immer etwas sein muss?, dachte Nanni bei sich.

Heimlich befühlte sie die zwei Hirschgrandl in ihrer Rocktasche. Fest schlossen sich ihre Finger darum.

❦

Während der Weihnachtsfeiertage war es, dass der Hardl eine Schar Burschen mit auf den Hof brachte. Im Gasthaus Prinzenweg hatten sie sich zusammengefunden.

Die Bäuerin ließ sich nicht anschauen, sie bat sie alle in die Stube und hieß ihre Tochter die Besucher mit Schnaps und Platzerl zu bewirten.

Die Burschen langten zu, das Gelächter an dem großen, runden Tisch hörte sich bald reichlich übermütig an.

Die Bäuerin warf besorgte Blicke zum Bauern hin, aber den schien die geräuschvolle Lustigkeit im Herrgottswinkel nicht zu stören, denn er schmunzelte.

Erst als einer der jungen Leute eine Reihe Nusslaiberl auf seine Hutkrempe legte und dann den Kopf beutelte, so dass das Gebäck herunterpurzeln

musste, wurde er laut: „Ihr habt ja alle schon einen Rausch“, schrie er ihnen zu und barg die Schnapsflasche an seiner Brust.
Er zeigte mit ausgestrecktem Arm auf die Tür: „Und jetzt schaut, dass ihr in Schwung kommt!“
Verlegen drückten sich die Burschen aus der Stube.
Der Nanni war der Auftritt arg, sie spürte, wie ihr die Schamröte ins Gesicht stieg. Der Bäuerin ging es ähnlich, aber keines der beiden Weiberleut wagte ein Wort des Einwands, sie wussten, ein solches hätte den Vater nur noch gröber werden lassen.
Ein blonder Bursch mit ungewöhnlich blauen Augen gab der Nanni die Hand und lächelte sie verstehend an.
Unwillkürlich erwiderte Nanni den Händedruck.
In einer solchen Minute jemanden zu finden, der mit einem Blick, einem Lächeln, die peinliche Lage so gut wie ungeschehen machte, erschien dem Dirndl als Glück.
Der Bursch schloss sich den anderen an, was in Nanni ein leises Bedauern weckte.
Die Stube war jetzt bis auf die vier Hausbewohner leer. Draußen in der Dunkelheit verloren sich die Schritte der Weggehenden.
Nanni kroch jetzt auf dem Fußboden herum und sammelte die unter der Eckbank liegenden Plätzchen ein.
Eigentlich, das musste sie zugeben, hatte der Vater Recht gehabt, als er der Flegelei ein Ende gebot.

Die Nusslaiberln in der Schürze, trat sie vor die Haustüre: „Mädi! Komm, kriegst was Gutes!"
Mit dem Hund tauchte auch eine Männergestalt, aus der Dunkelheit kommend, vor ihr auf.
„Girgl! Du! Wo kommst du her? Ich hab gedacht, du wärst z' Gelting!"
„Das pack ich erst morgen! Ich bin heut noch einmal gekommen zum Behüt Gott sagen!"
„Wart beim Schuppen drüben auf mich", wisperte sie hastig.
Nach einer kurzen Weile, Nanni hatte vorgegeben, ins Bett zu gehen, fiel sie dem Burschen vor Freude zitternd um den Hals. „Aber du bist ja ganz feucht! Deine Joppe! Alles!"
„Ja", antwortete er, „auf und auf bin ich ziemlich nass!"
„Ja, warum denn?"
„Ich hab zuvor beim Stubenfenster hineingeschaut. Auf einmal ist die Haustür aufgegangen und ich hab mich flach in den Schnee legen müssen, sonst hätt man mich gespannt. Bis sie allesamt weiter gewesen sind, derweil ist die Nässe durchgedrungen durchs Gewand!"
„Armer Bub!", scherzte sie. Glücklich darüber, dass er ihretwegen im Schnee gelegen war.
„Ich hab es auch gesehen, dass du einem deine Hand gegeben hast", fuhr er fort, „aber das war kein Sich-die-Hand-Geben nimmer, das ist ein Sich-die-Hände-Halten gewesen!"
Das Dirndl fand vor Verwunderung keine Entgegnung. Sie kannte es zwar von sich selbst, wie über-

aus feinfühlig ein Liebender ist, aber dass er, der selbstbewusste Bursch, auch solcher Empfindungen fähig war, das erstaunte sie.
Er redete weiter: „Mir ist gewesen, als wär ich allein mit allem, ich hab das noch nie gehabt!"
Dieser einfache, ungeschickt vorgebrachte Satz traf Nanni zutiefst. Noch keines seiner Geständnisse hatte ihr derart seine Liebe offenbart.
Jetzt herrschte Schweigen zwischen ihnen. Nanni wusste: Was er da aus sich herausgepresst hatte, das war alles gewesen, was er von sich preisgab, mehr würde er nicht sagen. Es war ihr sowieso, als hätte ein anderer aus ihm geredet, nicht der kecke Girgl selber.
Was hatte ihn so verändert? Die Verletzung durch die Kugel des Jägers? Eine Schädigung des Leibes geht nie ohne Schädigung der Seele ab.
„Girgl", sagt sie und drückte behutsam seine Hände, „ich hab dich noch nie danach gefragt, wie und wo und warum das mit deiner Schussverletzung passiert ist, und ich frag dich auch heut nicht, aber manchmal ist es besser, wenn man über etwas, was einem einwendig noch nachhängt, redet!"
„Da magst du schon Recht haben", erwiderte er. „Ehe das Ganze gewesen ist, war ich ein lustigerer Kerl!"
„Das wirst du wieder", meinte sie. „Es muss eine Zeit vergehen!"
„Damit rechne ich auch", sagte er, „aber jetzt hab ich noch alles zu deutlich vor meiner! Ich seh ihn noch, den Bock, wie er vom Waldrand herüberäugt

zu mir und wie er nach dem Schuss davonstelzt. Ich hab ihn verfehlt, hab ihm den hintern Lauf zerschossen! Beim Zielen ist mir die Strumpfmaske ein wenig verrutscht!“

Grausam, musste Nanni denken.

„Ich bin dann der Schweißspur nachgegangen, am Mösl unten hab ich den Bock wieder vor mir gehabt und diesmal hab ich ihn sauber erwischt!“

„Ist er sofort tot gewesen?“, kümmerte sich Nanni.

„Freilich! Ich hab eine Viertelstunde gewartet, erst dann bin ich aus dem Dickicht hinaus auf die Lichtung. Da seh ich drüberhalb des Wasserls den Jager stehn. Der Gewehrlauf war auf mich gerichtet. ‚Stehn bleiben, das Gewehr weg!‘“

„Da, mein ich, bist du schön erschrocken“, wähnte Nanni.

„Nicht einmal gar so arg“, erwiderte ihr der Girgl. „Ich weiß sogar noch, was ich mir dabei gedacht hab! Was dem Jager nicht alles einfallen tät, der kann mir den Buckel runterrutschen! Ja, das ist mir dort durch den Kopf gegangen.“

„Und dann?“

„Ich bin wieder hinein in die Stauden, damit er kein festes Ziel nimmer hat, da hat es schon gekracht und ich hab es gespürt, dass mir eine Kugel im Fleisch sitzt. Der andere hat um den Tümpel herumlaufen müssen, derweil bin ich ihm so weit voraus gewesen, dass er mich nimmer erwischen hat können. Auf einem Schmugglerpfad bin ich ins Tirolerische hinüber und wollt mir die Kugel herausschneiden lassen, aber der Wundarzt in Landl hat zu mir ge-

sagt, da wo sie sitzt, schadet sie mir nicht. Eine Handbreit weiter oben und ich hätte sie in der Leber stecken gehabt!"
„Du hast sie also noch drinnen?", fragte die Nanni.
„Ja!" Er seufzte kurz auf: „Ja, und danach bin ich drinnen gelegen auf dem Strohsack und hab die Tag gezählt, bis ich wieder raus hab können. Irgendwann, hab ich mir allweil ausgemalt, irgendwann steigst du wieder mit dem Stutzen unterm Arm dem Gamswild nach. Aber wie ich endlich heraußen gewesen bin, ist Schnee gelegen, mit dem Wildern ist es also aus gewesen und auch sonst hab ich es gesehen, dass ich nirgends und niemandem abgegangen bin!"
„Außer mir!", erinnerte ihn Nanni.
Er horchte auf: „Ist das wahr?"
„Ja, das ist wohl wahr!"
Nanni wurde für ihre Antwort innigst umhalst.

Die Eiseskälte hielt an. Das gefrorene Geäst brach unter der Last des Rauhreifbehangs wie Glas. Das Gestapf, auf dem Nanni dem Ort ihrer heimlichen Zusammenkünfte mit dem Burschen zustrebte, war übersät von dunklen Zweigen.
„Sie erleben keinen Frühling mehr", sinnierte das Dirndl.
Nanni hastete weiter, sie war heute spät dran. Mit dem Schlitten war sie bis zum Hennerer gefahren, hatte das Ross dort in den Stall gestellt. Weil niemand um die Wege war, hatte sie es ohne Fragen getan.

Der Girgl empfing sie mit zusammengekniffenen Augen: „Ist es jetzt zwei Uhr?“, fragte er.
Nanni merkte sofort, das war nicht mehr der umgängliche Bursch, von dem sie sich vor einigen Tagen verabschiedet hatte.
Ihre Antwort bestand aus einem entschuldigendem Lächeln. Ihr Vorsatz, ihn nie mit der geringsten Sorge zu behelligen, ließ sie von den Schwierigkeiten, die sie seinetwegen oft hatte, schweigen.
Erriet er etwas von diesen Widrigkeiten? Er sagte: „Heut, mein ich, bist auch gar nicht so ohne weiteres auskommen daheim?“
„Gerade heut ist es besonders leicht gegangen“, zerstreute sie seine Bedenken. „Der Vater hat in der Früh schon gesagt, dass der Bräundl wieder einmal eingespannt werden müsst, aber ihm wär es zu kalt, um sich auf den Schlitten hinaufzuhocken. Dann hab ich mich gleich hervor getan, ich fahr mit dem Rössl ein paar Stunden!“
„Du bist also nicht zu Fuß da?“ Schroff klang des Burschen Frage.
„Nein, ich hab das Pferdl beim Hennerer eingestellt!“
Der Girgl schüttelte den Kopf: „Was werden die sich denken?“
Nanni gab keine Antwort, aber sie dachte daran, dass der Girgl einmal gesagt hatte, sie beide seien frei und müssten nicht auf die Leute aufpassen, auf deren Gerede und Urteil.
„Aber das ist dir ja gleich!“, wusste er.
„Ja!“, antwortete die Nanni.

Sie spürte, sie sah es, der Bursch war heute schlechter Laune und deswegen konnte auch bei ihr nicht die rechte Wiedersehensfreude aufkommen. Sie fühlte aber auch, wie machtlos sie dagegen war.

Zuerst einmal gar nichts mehr sagen, schweigen. Sie legte ihre Arme um ihn und barg die Stirn an seiner Brust. Was war schuld an seinem Verhalten? Was bedrückte ihn?

Nach einiger Zeit hob sie die Augen. Ihr Blick suchte den seinen.

„Was ist bei deiner Mutter alles gewesen?"

Er schob sie ein Stück von sich. Seine Miene wirkte unfroh. „Verheiraten hätten sie mich wollen!", stieß er hervor.

„Verheiraten?", wiederholte die Nanni.

„Ja, weil das Madl, das ich seinerzeit dem Jager in Tölz droben ausgespannt hab, ein Kind bekommen hat!"

„Von dir?"

„Sie sagt es, wird schon so sein!", entgegnete er.

Nanni hätte mögen, dass das Ganze nicht wahr wäre, dass sie sich verhört hätte. Noch nie war ihr in ihrem Leben etwas so zuwider gewesen wie diese Nachricht.

Wie benommen stand sie da, mit ihrer sinnlosen Hoffnung, dass sich an der Tatsache noch etwas änderte. Aber es geschah kein Wunder. Es blieb dabei, es gab eine auf dieser Welt, die vom Girgl ein Kind hat.

Ausbrechen, ausbrechen!

„Und was tust du jetzt?“, fragte ihn das Mädchen mit klangloser Stimme.
„Nichts!“, antwortete er.
„Du heiratest also nicht?“
„Nein!“
„Hast du ihr das gesagt?“
„Ja!“
„Und was hat sie gesagt?“
„Nicht viel!“
„Hast du ihr von uns zwei etwas erzählt?“
Der Bursch schaute Nanni ungläubig an. Wie kann sie so fragen? „Meinst, dass ich deppert bin? Wenn die andere so schon trenzt, dass es sie grad schüttelt. Am End wär ich schuld, wenn sie sich was antut!“
Nanni schwieg, sie vermochte diesen irren Schmerz nachzufühlen.
„Für mich ist es auch nicht leicht“, gestand der Girgl. „Die Mutter hat mir zugesetzt, ich soll das Dirndl heiraten, sie wäre dann nimmer allein, der Vater ist ja gestorben. Und das Kind hätt halt dann seinen richtigen Platz und auch einen ehrlichen Namen …“ Er unterbrach sich: „Ich mag gar nimmer dran denken und auch nimmer reden drüber! Das Kind wird so auch groß und das Agerl findet bestimmt einen anderen zum Heiraten!“
Er schwieg eine Weile, dann sagte er: „Du wirst halt jetzt genug haben von mir?“ In seinen Augen flackerte tatsächlich Unsicherheit.
„Ich weiß es nicht, was passieren müsst, dass ich dich nimmer gern haben tät!“, erwiderte sie ihm.

Ihre Antwort hatte ihn verlegen werden lassen. Erleichterung, dass er diese Angelegenheit hinter sich gebracht hatte, zeichnete sich in seinem Gesicht ab. Ein Anflug von Lächeln kam in seine Augen.
Wie burschenmäßig er ausschaut, musste Nanni denken, gar nicht wie ein Vater.
„Eine Frag noch, Girgl, was ist es denn? Ein Bub oder ein Dirndl?"
„Ein Dirndl!" Ungeduldig sagte er es. Er wollte wirklich nicht mehr darüber reden, er hatte bereits wieder anderes im Sinn, etwas weitaus Angenehmeres.

Auf dem Heimweg, den Nanni kurz danach antrat, bewegten sie viele Gedanken.
Wenn die daheim das erfahren, überlegte sie bei sich, dass der Girgl für ein Kind zahlen muss, dann darf sie jegliche Hoffnung aufgeben, den Vater doch noch umstimmen zu können.
Nanni merkte mit Erschrecken, dass sich das Ganze erschwerte. Die Last, die sie zu tragen hatte, war größer geworden.
Noch etwas kam hinzu, ein wirres, ungutes Gefühl in ihrem Innern, dessen Herkunft sie nicht sogleich erfassen konnte. Plötzlich erkannte sie diese Regung. Sie neidete der anderen dieses Kind.
Beim Hennererwirtshaus angelangt, erwartete das Dirndl ein neuerlicher Schrecken. Der Schlitten war verschwunden, war nicht mehr an der Stelle, an der sie ihn hingestellt hatte.
Sollte ihn jemand gestohlen haben? Oder hatte sich

einer eine Gaudi daraus gemacht ihn ihr zu verstecken?
Mit Unbehagen sah Nanni zwei Männer auf sich zugehen. Sie musterten das Mädchen unfreundlich. Sogar scharf, stellte es fest.
„Wo bist denn die ganze Zeit gewesen?“, fragte sie einer der beiden. „Wir haben dich überall gesucht! In der Wirtsstube drin und in der ganzen Umgebung.“
Nanni wusste keine Antwort zu geben.
„Wo ist mein Schlitten?“, fragte sie bang.
„Er war uns im Weg“, wurde ihr in vorwurfsvollem Ton erklärt. „Wir haben den Platz gebraucht zum Holzabladen!“
„Und wo ist er jetzt?“
„Hinter der Stadelbruck, steht er, da haben wir ihn hingezogen!“
Nanni war sich nicht sicher, ob hinter dieser Handlung nicht auch eine Portion Böswilligkeit steckte. Der Hof war weitläufig, der kleine Schlitten hätte nicht genieren dürfen.
Sie wagte es nicht, den zweien zur Besänftigung ein Trinkgeld anzubieten, sie erschienen ihr zu erbost zu sein. Zugleich wurde ihr klar, ein zweites Mal dürfte sie sich dergleichen nicht mehr erlauben.
Beschämt holte sie das Pferd aus dem Stall und führte es dahin, wo der Schlitten stand. Beschädigt war er, Gott sei Dank, nicht.
Nanni nahm dem Ross die Decke ab und verstaute sie unterm Sitz. „Wüh, Bräundl!“
Sie fuhr davon ohne sich noch einmal umzuschauen.

❦

Der Frühling meldete sich an. Auf den Wiesen neben dem Bachlauf blühten die Schneeglöckchen. Nanni ließ sich auf die Knie nieder, stützte sich mit den Handflächen am Boden ab und sog den frischen Geruch der Blumen ein. Nach Erde rochen sie, nach Laub, nach Quellwasser.
Nanni wusste, dass ihre Großmutter – Nanni war zwei Jahre alt gewesen, als diese starb – die Schneeglöckchen hier am Bachrand angesiedelt hatte. Ein einziges der weißen Glöckerl brach Nanni ab und wünschte gleich danach, sie hätte es nicht getan. Die kurze Zeit, die sie nur blühen, leben!
Nanni war auf dem Weg zum Girgl, zu der Hütte am Quell.
Der Bursch kam ihr entgegen. „Fällt dir nichts auf?", war seine Begrüßung an sie.
„Nein!"
Er machte ein ungeduldige Bewegung mit dem Arm. „Aber das gibt es doch gar nicht, dass man so was nicht sieht! Schau doch, unsere Hütte ist nimmer da!"
Jetzt erst bemerkte Nanni, dass der Platz, auf dem der Holzbau gestanden hatte, völlig leer war. Nur eine kahle Stelle im Grün verriet noch, wo er errichtet gewesen war.
Das war eine befremdende Überraschung.
„Glaubst dass man sie unsertwegen weggerissen hat?"
Er zuckte mit den Schultern. Was weiß ich, hieß das.
„Jetzt haben wir kein Haus nimmer", scherzte sie.

Er meinte: „Wegen der Hütte da? Wir haben doch alles, was wir brauchen! Der Himmel ist unser Dach, die Bäum unsere Wänd und das Moos unsere Liegerstatt!"
Nanni hörte ihm verwundert zu. Von dieser Seite kannte sie ihn gar nicht. Noch nie hatte er sich so romantisch gezeigt, noch nie in der Art ausgedrückt. Das passte auch nicht zu ihm! Dennoch freuten sie seine Worte. Zeigten sie nicht, dass er glücklich war mit ihr? Und gehörte ihnen nicht wirklich alles, die Berge ringsum, der Wald, die Wiesen?
„Komm!" Er legte den Arm um ihre Schultern, sie den ihren um seine Hüfte. So schritten sie gegen den Frühlingswind bergan.
„Wo führst du mich eigentlich hin?", fragte sie ihn.
„Hinauf zur Baumgartenschneid!", antwortete er ihr.
Das Sträßchen war noch nicht gänzlich schneefrei, das erschwerte ihr Vorwärtskommen. Erst nach gut zweieinhalb Stunden Gehzeit erreichten sie ihr Ziel.
Eine große Lichtung lag jetzt vor ihnen. Der Bursch zog seine Joppe aus und legte sie auf den Boden.
Er setzte sich drauf und zog Nanni mit zärtlicher Hand zu sich herunter.
Das helle Licht des Vorfrühlings drang durch die Stämme, tief unter ihnen schimmerte blau linker Hand der Schliersee und rechter Hand der Tegernsee. Die Sonnenwärme streichelte ihre Körper.

Der Girgl schaute um sich: „Weil es da heroben nicht schön wär!“ Er lachte kurz auf: „Und die anderen rackern sich ab am Westerberg drüben!“
„Welche andern?“, fragte Nanni.
„Die drei halt, die mit mir Holz arbeiten!“ Er vervollständigte seine Rede: „Freilich, sie sind verheiratet, jeder hat eine Familie, bei denen leidet es das nicht, einfach unter der Woch blau machen!“
Nanni schwieg dazu. Sie hatte an ihren Vater gedacht, was der von des Burschen Ansichten halten würde.
„Ich weiß es schon“, sprach er weiter, „dass dir das nicht recht gefällt, was ich jetzt gesagt hab, aber wenn ich nicht so wär, wie ich bin, dann tät ich nicht bei dir da sitzen, dann tät ich in Gelting draußen Mist auflegen!“ Schier triumphierend blickte er ihr in die Augen.
Insgeheim musste ihm Nanni Recht geben. Mit einem ehrsamen, arbeitsfreudigen und pflichtbewussten Mann lassen sich solche Stunden nicht erdenken noch erleben.
Das Agerl fiel ihr ein, die Mutter seines Kindes. Vom Girgl selbst hatte Nanni es erfahren, dass seine frühere Geliebte das Kind zu ihren Eltern nach Bichl gebracht und sich als Sennerin auf die Baumgartenalm verdingt hatte.
Und der Girgl saß mit ihr, der Nanni, im grünen Moos.
„Du“, sagte die Nanni, „wenn du nicht mit mir beieinander wärst, tätest du dann das Agerl heiraten?“
Entrüstet fuhr er auf: „Was hat denn das mit dir zu

tun? Ich zieh nimmer! Nach dem Tölzer Markt war für mich Schluss! Ich hab dem Agerl nicht nachgefragt und sie hat es auch nicht gewusst, wo ich mich aufhalt. Das hat sie erst über meine Mutter zu wissen gekriegt, dass ich z' Westenhofen herin bin!"

„Nur eine einzige Frage noch", bat Nanni, „du hast doch dort gesagt, dass nur deine Mutter beim Unterschwaiger war und dass sie niemanden dabeigehabt hat. Sie sind aber zu zweit gewesen!"

Nanni hatte ihre Frage ganz ruhig vorgebracht, sie legte, seit sie seine Erregbarkeit kannte, jedes Worte auf die Goldwaage.

„Du denkst, dass ich lüg", antwortete der Bursch, „aber das Agerl wird halt draußen stehen geblieben sein. Vielleicht hat sie sich nicht hineingetraut zum Unterschwaiger?"

„Sonderbar", sinnierte Nanni laut, „ausgerechnet bei uns haben sie sich erkundigt. An fünfzig Häusern sind sie vorbeigegangen. Glaubst du, dass das Schicksal gewesen ist oder nur Zufall?"

„Allein Zufall", erwiderte er ihr. „Du weißt es doch, ich glaub nicht an den ganzen anderen Krampf wie Fügung und Hellsehen und was noch alles dazugehört!" Halb ernsthaft, halb spaßhaft fügte er hinzu: „Da kannst mich gleich giftig machen auch!"

Es musste Spaß gewesen sein, denn er griff lachend nach ihr.

„Wart ein wenig", bat sie ihn. Ihr war vom Gehen warm geworden, sie entledigte sich ihrer Jacke.

Als der Bursch ihre nackten schlanken, wohlgerundeten Arme sah, leuchteten seine Augen auf. „Dirndl!“

Die Sonne stand nicht mehr senkrecht, sie war ein gutes Stück nach Westen gewandert, das Paar trat den Heimweg an.
Bei einer halb verfallenen Köhlerhütte verhielt der Bursch den Schritt. Als sie ihn nach dem Grund fragen wollte, bedeutete er ihr, zu schweigen.
Sein Gang wurde zum Schleichen, seine Haltung bekam etwas Lauerndes. Unwillkürlich passte sich Nanni seinem Verhalten an.
Der Bursch bückte sich und hatte plötzlich ein Gewehr in den Händen. Sein Blick wurde dunkel, als er es Nanni zeigte.
Unruhig suchten seine Augen die Umgebung ab, unablässig horchte er auf jedes Geräusch.
Nanni schaute ihn begeistert an. Niemandem würde der Girgl sonst dieses Versteck verraten. Sein Vertrauen bewies ihr seine Liebe.
Hastig verbarg der Bursch die Waffe wieder.
Alles war wortlos geschehen. Ehe sie sich trennten, fragte er sie: „Wie wär's, wenn wir am Sonntag zum Hennerer gehen und ein Schöpperl trinken täten?“
So ein schöner Tag!, freute sich Nanni. Zuerst schenkte er ihr vollstes Vertrauen und jetzt machte er ihr noch diesen Vorschlag! Seit dem Tölzer Markt war sie mit ihm nicht mehr unter den Leuten gewesen. Und wenn es auch mit ihm allein am

schönsten war, so regte sich in ihr doch hin und wieder der Wunsch, sich an seiner Seite zeigen zu dürfen.

Nanni wurde von der Mutter mit vorwurfsvoller Miene empfangen. „Dort, vor Weihnachten", sagte die Frau, „hab ich gedacht, es wär aus zwischen euch, aber jetzt fängst du wieder an damit ihm nachzurennen, und der Vater und ich, wir können uns ärgern und obendrein schämen! Ist der Kerl das wert?"

Nanni antwortete nicht, aber ihre Augen, ihre ganze Haltung sagten: Ja!

❦

Die Sonne hatte innerhalb weniger Tage Kraft bekommen.

Wenn Nanni, sie war mit Pferd und Wagerl unterwegs, hinunterschaute auf die Straße, sah sie, wie das Schneewasser in schmalen Bächen dahinflutete. Nicht nur um das Schuhzeug zu schonen, hatte Nanni das Rössl eingespannt. Sie wollte den Girgl auch überraschen – ja, und auch ein bisschen beeindrucken.

Da vorne geht er!, dachte sie in aufwallender Freude, als sie den Burschen entdeckte. Da geht sie, meine kostbare Fracht!

„Öh, Bräundl, öha!" Sie hielt neben ihm.

Nanni sah es auf den ersten Blick, wie er sich für diesen Wirtshausbesuch hergerichtet hatte. Kein Härchen stand weg, der Schnurrbart war sauber aufgezwirbelt und gab es einen, dem die graue Joppe mit den grünen Aufschlägen, der Hut mit dem leicht geschwungenen Rand und den keck nach vorne gerichteten Spielhahnfedern besser zu Gesicht stand wie ihm?
„Grüß dich!“
„Grüß dich!“ Seine Augen musterten das Fuhrwerk.
„Steig auf!“, forderte sie ihn auf.
Sie wollte ihm die Leitseile in die Hand geben: „Magst du fahren?“
Er lehnte ab.
„Ein neues Rossgeschirr darfst du dir auch einmal kaufen!“, meinte er überlegen und deutete dabei auf den Schwanzriemen, dessen Leder etwas abgeschabt war.
„Wir haben ein neues Brustgeschirr daheim“, erwiderte Nanni, „aber bei dem lassen sich die Lederstücke noch nicht so leicht biegen wie bei dem alten da!“
Es bereitete ihr heimliche Genugtuung, ihm das antworten zu können. Der Girgl sollte bloß nicht denken, dass der Vater es sich nicht leisten könnte, ein Rossgeschirr zu kaufen. Schließlich waren sie nicht arm.
Der Bursch schien heute spottlustig zu sein. Er erwiderte ihr: „Das muss ich schon zuerst sehen! Sonst glaub ich es nicht!“

Nanni verschloss den Mund. Sie glaubte ihn zu kennen. Gleich würde er wieder der alte Girgl sein. Aufgeräumt, fröhlich, zum Scherzen bereit.
Im leichten Trab rollte das Wagerl an etlichen Viehhütten vorbei, es näherte sich der rechter Hand an der Straße stehenden Winterstube der Holzknechte. Linker Hand rauschte der Bach.
Vor ihnen ging auf dem steinigen Weg eine Frauensperson. Sie schleppte an einem Henkelkorb.
„Lassen wir sie aufsitzen?", fragte Nanni den Girgl.
„Ich brauch sie nicht", erwiderte er.
Nanni hatte das Ross bereits zum Stehen gebracht und lud die Fremde zum Mitfahren ein. Die nahm das Angebot erfreut an.
Was Nanni vorher nicht bedacht hatte, die Unterhaltung zwischen ihr und dem Burschen stockte jetzt ganz, weil sie eine Mitfahrerin hatten.
Ein wenig neugierig schaute Nanni den Fahrgast an. Es war ein noch recht junges Mädchen mit anmutig gerundetem Gesicht und vollen Lippen. Das in der Mitte streng gescheitelte Haar schimmerte rötlich. An den kleinen, wohl geformten Ohren baumelten goldene Ohrringe.
Der Girgl zog in seiner lebhaften Art das Mädchen ins Gespräch. So erfuhren er und Nanni, dass das junge Ding seit kurzem beim Hennererwirt als Kellnerin arbeitete und Theresia hieß.
„Theresia", meinte der Girgl, „das ist so ein langer Nam, darf ich Resei zu dir sagen?"
„Von mir aus!", entgegnete das Dirndl fröhlich lachend.

Der Girgl legte sich schwer ins Zeug beim Resei. Er entwand ihr den Korb und stellte ihn hinten auf die Ladefläche des Gefährts. Dann meinte er: „Wenn du beim Hennerer bist, dann werden wir uns ja öfter sehen!"
Nanni fühlte Zorn in sich aufsteigen. Noch größer als der Zorn aber war ihre Ratlosigkeit. Was fiel dem Burschen ein? Mit einem Mädchen, das er erst seit einer Viertelstunde kannte, derart zu scharmutzieren! Noch dazu in ihrem, Nannis, Beisein? Das schaute ja so aus, als ob er sie tratzen möchte! Oder war es ihm gar ernst mit der anderen?
Nanni warf einen teils empörten, teil fassungslosen Blick hinüber auf ihn.
Er lachte auf: „Schau du nur auf dein Ross!"
Jetzt sprang Nanni vom Wagen, lief vor zum Pferd: „Brr! Bleib stehen!" Sie schaute den Burschen fest an und sagte: „Herunter!"
Verdutzt hatte der Girgl Nannis Tun beobachtet. Er schien nicht sofort zu begreifen, was geschah. Erst ein Blick in ihre Augen ließ ihn handeln.
Ohne ein Wort zu sagen, stieg er vom Wagen.
Nanni erkletterte ihn wieder. Statt des Burschen saß nun die Kellnerin neben ihr auf dem Wagensitz.
Nanni sah sich nicht mehr um, als sie weiterfuhr. Sie hörte das Mädchen sagen: „Du gehst aber grob um mit deinem Schatz!"
Nanni erwiderte nichts. „Dein Schatz", hatte das Mädchen gesagt. War er denn noch ihr Schatz? War nicht alles zu Ende? Hatte ihre Liebschaft nicht

ihren Schluss gefunden? Von einer Minute zur anderen?
Nanni bemühte sich krampfhaft, nicht verzagt zu wirken. Wusste sie doch nicht, ob in der Fremden nicht auch so etwas wie diebische Freude war. Und wenn: Was galt es? Was galt überhaupt noch?
Am Wirtshaus angelangt, ließ Nanni die Kellnerin absteigen, dann kehrte sie um.
Das Resei bedankte sich, Nanni nickte mechanisch. Sie wollte jetzt nichts mehr wie heim. Allein sein!
Während der Heimfahrt versuchte Nanni ihre Gedanken zu ordnen. Es gelang ihr jedoch nicht. Liebesschmerz und Stolz, Ärger und Enttäuschung erfüllten ihr Herz. Ihre Hände, die das Leitseil hielten, bebten.
Wie plump der Girgl das Ganze angefangen hatte, wie geschmacklos! Oder kam es ihr nur deswegen so verachtenswert vor, was er sich da geleistet hatte, weil in ihr wilde Eifersucht tobte?
Nein, es war keine Eifersucht, es war verletzter Stolz, verletzte Liebe, was verheerenden Schmerz in ihr erzeugte.
Nanni fragte sich nicht, ob sie richtig gehandelt hatte, als sie den Burschen absteigen hieß. Sie hatte ja gar nichts anderes tun können. Alles konnte sie sich nicht gefallen lassen von ihm.
Mit aller Deutlichkeit und Grausamkeit überkam sie die Erinnerung an ihren gemeinsamen Ausflug zur Baumgartenschneid. Keine drei Tage lag es zurück, da hatte er ihr das Versteck seines Gewehres gezeigt. Wie stolz war sie gewesen, sie hatte es als

unverbrüchlichen Liebesbeweis gesehen. Und heute machte er es ihr so!
Langsam rollte das Gäuwagerl auf der Straße dahin, der Bursch war und blieb verschwunden.

Der Saal des Postwirts in Schliersee war brechend voll, als der Sepp heiratete. Er hatte seine Hochzeit verschieben müssen, kurz vor der geplanten Feier war die Mutter seiner Braut verstorben.
Auch Nanni befand sich unter den Hochzeitsgästen. Sie hatte dem Sepp ja damals, als er ihr von Girgls Verbleib berichtete, aus Dankbarkeit, oder genauer, im Überschwang der Gefühle, versprochen, ihm in die Hochzeit zu gehen.
Sechs Wochen waren vergangen seit jenem Tag, an dem sie mit dem Girgl im Bösen auseinander gegangen war.
Aber vergessen hatte sie ihn nicht können. In ihr wütete die Sehnsucht nach dem Treulosen.
Nach außen ließ sich Nanni ihren Verdruss nicht anmerken. Sie zwang sich zur Fröhlichkeit.
Den ganzen Tag war sie von den männlichen Hochzeitsgästen umworben worden und jetzt am Abend, als die Sitten schon lockerer geworden waren, hatte sie ein Bursch auf seinen Schoß gezogen. Nanni spreizte sich dagegen, aber er hielt sie fest und wollte wissen: „Nannei, du bist ein sauberes

Dirndl, aber ich hab dich als lustigere Dingin in Erinnerung. Du kommst mir so still vor!"
Nanni schwieg auf seine Frage. Nein, so weit durfte es nicht kommen, dass sie in die Welt hinausschrie, was sie empfand, was ihr fehlte, was sie todunglücklich machte. Sie wandte ihre Augen ab.
Im selben Moment sah sie ihn stehen. Ihn, den Girgl!
Er stand vor der Saaltüre und schaute sie unverwandt an. Ihre Blicke trafen sich und sie fühlte, wie ihr das Blut heiß in die Wangen schoss.
Der Bursch zeigte ihr durch eine Kopfbewegung, dass sie zu ihm hinauskommen solle. Er hielt einen Maßkrug in der Hand.
Brüsk drehte sie sich um. Schon wieder verlangte er, sie solle ihm nachlaufen. Er hatte nicht weiter zu ihr wie sie zu ihm. Und nicht sie hatte ihm weh getan, sondern er ihr!
Durch einen Seiteneingang, die Musikanten benutzten ihn, verließ sie den Saal. So leicht durfte sie ihm die Versöhnung nicht machen. Wie er sie vor dieser Kellnerin blamiert hatte!
Sie hörte Schritte hinter sich und fing an zu laufen. Bei der Wegabzweigung, die von der Hauptstraße hinunterführte zum See, holte er sie ein. Er umschlang sie mit beiden Armen.
„Lass mich aus!"
„Nein, gar nie!" Er umfasste sie noch enger. „Du bist jetzt nur narrisch, weil es an dem Sonntag nicht nach deinem Kopf gegangen ist!"
„Gar nicht!"

„Freilich, du hättest mir zeigen wollen, wer der Herr ist! Deswegen hast du die andere mitgenommen. Ich hätt mit dir zuvor noch ein bisserl in die Winterstubn hineinschauen mögen. Und was tät ich da mit zwei Weiberleut?“

Nanni dachte nach über das, was er eben geäußert hatte. Ein bisserl in die Winterstuben hineinschauen. Und was tät er da mit zwei? Aber freilich, so ist er!

Er hielt sie einen halben Meter von sich ab, ohne sie auszulassen: „Sagt sie pfeilgrad zu mir, ich soll absteigen!“

Nanni schwieg. Kann sein, dass es grob war, aber sie hatte dortmals nichts mehr überlegt, hatte nur noch aus ihrem verletzten Gefühl heraus gehandelt.

Der Girgl wischte sich mit dem Handrücken übers Gesicht. „Was tut es denn jetzt? Schneien?“

Ja, es hatte zu schneien angefangen, eine Aprillaune war das. Ganz große Flocken schwebten hernieder und eine setzte sich auf Nannis Lippen. In demselben Augenblick, in dem ihr der Girgl ein Bussl aufdrückte. Sie spürte, wie die Flocke zwischen ihren Mündern schmolz.

Der Bursch begann auf die Nanni einzureden. Warm und eindringlich. Aus seinen Sätzen hörte sie es heraus, dass er zwar unter der Trennung gelitten hatte, aber auch seinen Stolz hatte. Alles zusammen hörte sich so an, als ob er sie bitten wollte: Sei mir wieder gut!

Ach, und Nanni erkannte es auch, wie hart sie auf diese Stunde gewartet hatte. Wie armselig ihre Bemühungen, ihn zu vergessen, doch gewesen waren. Sie ließen die Westenhofener Kirche hinter sich, gingen die kleine Anhöhe hinauf, bogen nach rechts ab, dem Lauf der Schlierach folgend.

„Girgl“, sagte Nanni leise, „ich möcht über die ganze Sach nimmer lang reden, aber eines musst du mir noch sagen: Hast du dieses“ – es fiel ihr nicht leicht, den Namen auszusprechen – „dieses Resei noch einmal gesehen?“

„Das ist schon lang gar mit der! Ein- oder zweimal war ich hinten und hab ein bissl geschmust mit ihr. Sie wär schon scharf auf mich, aber ich mag nimmer!“

„Ich mag nimmer!“ Worte wie Hammerschläge. Das Resei hatte sie von ihm hören müssen.

In Nanni erwachte eine innige Freude, dass sie nicht diejenige war, zu welcher er „Ich mag nimmer“ gesagt hat.

Seine ihr halbwegs eingestandene Untreue empfand sie als scharfen, schmerzenden Nadelstich, aber trug nicht auch sie Schuld an dem Ganzen? Hatte sie nicht durch ihr unüberlegtes Handeln dem Vorschub geleistet?

Nannis Daheim kam in Sicht. In der Nachtschwärze hoben sich die Umrisse des Hofes wie dunkle, wuchtige Klötze von ihrer Umgebung ab.

Der junge Hund gab Laut. Als Nanni ihn mit leisem Lockton rief, sprang er herzu und begrüßte seine Herrin freudigst.

Dem Girgl leckte er die Hände ab.

„Heut siehst mich einmal im Pechgewand!" Ein wenig verlegen deutete der Girgl auf sein Arbeitsgewand. „Aber ich hab' nimmer Zeit gehabt, mir etwas anderes anzuziehen."
Nanni erwiderte: „Du gefällst mir so auch!"
An seiner Miene las sie es ab, dass er diese Antwort erwartet hatte.
Der Sommer war wieder vergangen, schon machten sich die Vorboten des Herbstes bemerkbar, die Blätter verfärbten sich, das Gras schien kraftlos zu werden. Noch läuteten die Kuhglocken auf den Weiden, bald würden sie verstummen.
Was macht es, dachte Nanni, ihre und des Burschen Liebe überdauerte die Jahreszeiten, wie sie kamen und gingen.
Der Girgl reichte Nanni einen Bogen Papier. Sie entfaltete das steife Blatt.
„Einladung", las sie. Und dann weiter:

„Mit innigem Vergnügen erlaube ich mir, Ihnen ergebenst anzuzeigen, dass ich mich mit der Jungfrau Elisabeth Schmid von Schaftlach in ein eheliches Versprechen eingelassen habe und die priesterliche Einsegnung im löblichen Gotteshaus zu Westenhofen auf Montag, den 15. November, früh 10 Uhr festgesetzt ist.
Zu dieser Feierlichkeit machen wir unsere ergebenste Einladung mit der innigsten Bitte, uns hiezu sowohl früh um 10 Uhr zur Begleitung in die Kir-

che, als auch nach derselben zu dem im Gasthause des Herrn Posthalter in Schliersee veranstalteten Ehrenmahle die Ehre Ihrer uns sehr werten Gegenwart zu schenken.
Wir werden dies als einen Beweis Ihrer Liebe und Zuneigung ansehen und uns, als zur schuldigen Dankbarkeit verpflichtet, stets freundlich daran erinnern.
Wir empfehlen uns mit aller Hochachtung und verbleiben Dero ergebenstes Brautpaar Max Hofberger, Unterschwaiger in Westenhofen, und Elisabeth Schmid von Schaftlach.
Das gewöhnliche Frühstück wird abgehalten bei Herrn Michael Orterer, Posthalter und Gastgeber in Schliersee, um halb neun Uhr.
Geschrieben zu Schliersee den 11. November 1875."

Nanni betrachtete den stehenden Engel, der die Einladung zierte. Seine flatternden Haare waren von Blumen umkränzt, in seiner Rechten schwang er eine brennende Fackel.
Sie gab dem Burschen den Bogen zurück. Wieder ein Paar, das heiratete. Das vom Tag ihrer Hochzeit an beieinander sein durfte. Zusammen arbeitete, mitsammen Feste feierte. Wie unvorstellbar schön wäre es, wenn sie und der Girgl auch so eine Hochzeitseinladung verschicken könnten.
Nanni sprach ihre Gedanken aus: „Ich wäre gern an der Stelle von dieser Elisabeth Schmid, natürlich müsstest du an der Stell vom Unterschwaigerbauern sein!"

Der Bursch schaute Nanni teils belustigt, teils empört an: „Da hätten wir schon etwas! Einen Haufen Arbeit und sich um alles kümmern müssen! Ha, da ist das schon schöner, wenn man ein bissl umeinander schleichen muss, damit man sich sehen kann. Weißt du das nicht, dass das, was man sich erstehlen muss, rarer ist als das, was man allweil hat?“
Nanni verschloss den Mund. Jedes weitere Wort von ihr würde sich wie eine Bettelei anhören. Sie spürte mit einem Mal eine tiefe Mutlosigkeit in sich, fühlte, wie ihr das Nass in den Augen brannte. Sie wandte sich ab.
„Was hast denn jetzt?“, fragte er verwundert. Er nahm sie bei ihren Schultern und brachte sie dazu, ihm ins Gesicht zu schauen.
Über Nannis Lider flog ein Zittern, sie spürte, wie der Liebesschmerz ihre Mundwinkel zucken ließ.
Der Girgl betrachtete sie kopfschüttelnd. Er nahm einen Schritt Abstand von ihr und sagte spottend: „Wie eine Biberhenn!“
Urplötzlich hörte Nanni zu weinen auf.
Hatte sie insgeheim gehofft, mit Tränen zu erreichen, dass der Girgl sie tröstete und ihr all das sagte, was sie gerne gehört hätte?
Sie schämte sich, sich das einzugestehen. Sie erkannte, bei ihm würde alles fehlschlagen, was sie sich in dieser Hinsicht auch einfallen ließ.
Er kannte keine Sentimentalität, verachtete Gefühlsausbrüche. Er war ein Gradaus, ein Wirklichkeitsmensch. Darauf musste sie sich einstellen, auch wenn es weh tat.

Schnell trocknete sie ihre Tränen. Sie schwor sich, der Bursch würde nie wieder welche sehen bei ihr. Sie hatte bei sich entschieden, die stets so heiß herbeigesehnten Stunden des Wiedersehens nicht gedanklichen Problemen zu opfern.
Deshalb lächelte sie ihn jetzt an.
„So, das lass ich mir eher gefallen!“, sagte er.
Er nahm sie bei der Hand und führte sie zu einer Stelle, an der sie bisher noch nie gewesen waren.
„Ich hab uns am Sonntagnachmittag ein neues Platzerl gesucht“, erklärte er ihr.
Eine Buche reckte ihnen feines Geäst entgegen. Er hielt die Zweige zur Seite, damit sie leichter an ihnen vorbeischlüpfen konnte. Am Kamm des bewaldeten Hügels angelangt, sahen sie hinunter auf den Bach, der als glitzerndes Band immer wieder hinter den Bäumen sichtbar wurde. Ein Specht klopfte, ein Waldkauz schrie.
Der Girgl brach etliche Äste ab und legte sie auf die Erde.

Etwas später zupfte er dem Dirndl braune Blätter und dürres Nadelzeug vom Gewand.
„Dann darfst du also deinem Hausherrn in die Hochzeit gehen?“, fragte sie. „Freust du …“
Eine Handbewegung von ihm ließ sie verstummen.
„Pst“, flüsterte er, „ich hab was gehört!“
„Glaubst du, dass uns jemand belauscht?“, sagte sie genauso leise.
Er hob fragend die Schultern. Sein Gesicht, die hohen Wangenknochen, das Kinn, alles schien noch

kantiger zu werden. „Wir müssen jedenfalls schauen, dass wir da wegkommen!"
Nanni empfand keine Angst, kein Bangen, sie genoss die Gefahr. Ein Gefühl der Zusammengehörigkeit, der Zweisamkeit entstand in ihr.
Er fasste sie bei der Hand und führte sie hinter sich her: „Da dürfen wir nicht bleiben!"
Äste verwehrten ihnen das Aufrechtgehen. In gebückter Haltung suchten sie weiterzukommen.
„Ui! Um Gottes Willen!" Vor ihnen lag ein totes Reh. Erdrosselt durch eine Messingschlinge, die zwischen zwei junge Tannen gespannt war.
Nanni blickte mit Entsetzen auf das verendete Tier nieder. Wie nahe hier Lust und Not beieinander gewesen waren! Der Girgl und sie hatten sich geherzt und einen Steinwurf entfernt hatte ein Tier Todesangst und Todesqualen erlitten.
„So einer, der so etwas tut", sagte Nanni, „gehört angezeigt!"
„Erschlagen gehört er", entgegnete der Bursch erbittert. „Am liebsten tät' ich auf den Lumpen warten. Aber wenn ein Jager dazukommt, verdächtigt er mich! Es ist besser, wir verziehen uns da!"
Es war zu spät. Dürres Reisig knackte, Schritte näherten sich. Dann stand ihnen ein Mann gegenüber, ein baumlanger Kerl, das Gesicht geschwärzt.
Zuerst erschrak er, wollte sich zur Flucht wenden, doch dann erkannte er den Burschen.
„Ja, der Girgl! In Begleitung! Und ich hab schon gemeint, ein Grüner ist's!"
Angewidert blickte Nanni auf den Kerl. Der Girgl

sagte: „Das weißt du schon, du Schinderteufl, dass du eingesperrt gehörst für die Gemeinheit da!“ Der Girgl wies auf das verendete Wild.
„Ja, das musst mir genau du sagen“, begehrte der andere auf, „du, der wo’s es schon bald jede Woch einmal schnallen lässt!“
„Es kommt allweil darauf an, wie man es anpackt! Auf eine so erbärmliche Art wie du bring ich kein Stück um!“
Der Girgl raffte einen starken Prügel auf. „Den hau ich dir jetzt herum, damit du weißt, warum du’s getan hast!“
Der Wildfrevler verlegte sich aufs Bitten: „Girgl, lassen wir das Streiten sein. Teilen wir uns halt das Stück!“
„Mir machst du einen solchen Vorschlag! Du traust dich! Aber jetzt ist meine Geduld zu End!“
Der Girgl zog aus und schlug dem Loder den Ast krachend aufs Kreuz. Als das Holz brach, warf er die Teile hinter sich.
„Komm“, forderte der Girgl Nanni auf, „gehen wir, sonst muss ich ihm noch mal ein paar stecken!“
„Hast du ihn denn gekannt?“, fragte die Nanni den Girgl.
„Ja, er ist Senn auf der Krainsbergeralm! Mit ihm hab ich schon einmal gerauft, da hat er drei Tag nimmer melken können! Dort hat das Bier geredet!“ Angeekelt sagte es der Bursch. „Heut hätt er mir schön getan, weil er Angst gehabt hat vor mir!“
Das Dirndl schaute den Burschen voller Bewunde-

rung an. „Dass du ihm doch Herr geworden bist! Er ist ja einen halben Kopf größer wie du!"
Der Girgl warf sich in die Brust. „Auf das kommt es nicht an! Schmalz muss man haben!"
Sie waren an eine Stelle gelangt, wo das Wasser des Baches seicht floss und die Böschung niedrig war, so dass Nanni die Wellen leicht auf einigen großen Steinen überspringen konnte.
Hier nahmen sie Abschied voneinander.
„Behüt dich Gott! Bis zum Sonntag, gelt!"
„Behüt dich Gott, Girgl!"

Während der sechs Wochen, in denen Nanni wegen der Kellnerin Resi vom Girgl getrennt gewesen war, hatte sie sich dazu entschlossen, eine Kartenlegerin aufzusuchen. Die Frau hatte ihr aber aus Gesundheitsgründen keinen Termin geben können und gesagt, sie solle später wieder nachfragen.
Das Dirndl war jetzt mit dem Girgl längst wieder gut, sah keine Notwendigkeit mehr, die Karten zu fragen, ob er wiederkäme, und so verstrichen die Monate.
An diesem Vormittag hatte Nanni die alte Frau zufällig auf der Straße getroffen und mit ihr jetzt dennoch vereinbart, sie werde am Nachmittag bei ihr vorbeikommen. „Hinter der Kirche abbiegen, ein kleines Haus am Seeufer, das ist es!"

Nanni richtete, ehe sie ging, noch die Fütterei für die Kühe her. Ein fruchtbares Jahr war es heuer gewesen. Sie musste sich durch die Heustöcke hindurchzwängen. Es ist gut, überlegte sie bei sich, wenn bald einmal ein Teil verfüttert ist, dann kann man sich wenigstens wieder rühren da heroben!
Der Haufen, den sie von den Futterstöcken vor das Heuloch geworfen hatte, schien ihr jetzt hoch genug. Sie verließ die Tenne und ging hinunter in die Stube um auf die Uhr zu schauen.
Neben der Wanduhr hing in einem schmalen Goldrahmen ein Bild in Fächerform. Es zeigte in seiner Mitte rot flammende Herzen auf einer blumenumkränzten Wiese. Diejenige, die das Spitzenbild geschnitten hatte, musste arg verliebt gewesen sein, denn unter den herumirrenden, schwirrenden Herzen stand mit winzigen Buchstaben geschrieben: „Tag und Nacht liegst mir im Sinn, dass ich niemals ruhig bin."
Nanni lächelte ein bisschen schmerzlich. Erging es ihr nicht auch so? Fand sie noch Ruhe seit jenem Tag, an dem sie sich in den Girgl verliebt hatte?
Und die Unruhe war in der letzten Zeit noch gewachsen. Nanni war nur noch darauf bedacht, ihm zu gefallen und ja nichts zu äußern, was ihm nicht passen könnte.
Früher hatte Nanni ihm gegenüber eine Andeutung gemacht, sie würde zu einer Kartenlegerin gehen. Er war zornig geworden. „So ein Schmarrn", hatte er gemeint. „Außerdem möcht ich es gar nicht wissen, was noch alles kommt, was ich noch alles aus-

halten muss!“ Sie hatte ihn ungläubig angeschaut und gedacht: Was du schon aushältst!
Nanni nahm das Schultertuch aus tiefblauem Samt aus der Kommodenschublade, schlang es sich um die Schultern, verließ die Stube und sperrte die Haustüre hinter sich zu. Den Schlüssel verbarg sie im Holzhaufen. Dort würden ihn die Eltern bei ihrem Heimkommen zu finden wissen. Sie waren mit dem Hardl in Miesbach, um mit ihm Zimmermannswerkzeug einzukaufen. Dann ging sie eilig dem Ort zu.
Das Dirndl hatte es sich vorgenommen, Augen und Ohren offen zu halten, sich alles genau anzuschauen und das, was ihr gesagt wurde, zu merken.

Nanni war überrascht, als sie die Einrichtung des kleines Hauses sah. Kostbares Mobiliar mit kunstvollen Einlegearbeiten besaß diese Frau. Auf einem polierten Tischchen lag ein Bündel Karten.
Nanni musste die Karten mischen und zweimal zu sich hin abheben. Die Alte schob die drei Häufchen wieder zusammen und legte die Bilder einzeln aus. Manchmal hielt sie damit inne und schüttelte verwundert den Kopf.
Endlich sagte sie: „Zwischen dir und deiner Mutter besteht eine innigere Verbindung wie mit dem Vater!“
„Das stimmt“, erwiderte die Nanni. Sie dachte jedoch daran, dass die Innigkeit abgenommen hatte, seit sich auch die Mutter gegen den Girgl, auf die Seite des Vaters gestellt hatte.

„Derzeit hat sich aber ein Keil zwischen euch hineingeschoben!"
„Bitte", sagte Nanni jetzt, „sagen Sie mir nicht das, was ich weiß, ich bin wegen etwas anderem gekommen!"
„Ich muss aber erst probieren, ob ich es bei dir treff, sonst muss ich dich wieder heimschicken!"
Sie vertiefte sich wieder in das Kartenbild. „Also, ich seh in eurem Haus einen Umbau!"
„Sie dürfen mich heimschicken", entgegnete Nanni, „wir haben keinen Umbau!"
„Ich seh aber einen!", beharrte die Frau auf ihrer Aussage. „Denk halt nach, vielleicht fällt es dir ein!"
Nanni ging in Gedanken alle Räume des Hauses durch. Dann fiel es ihr urplötzlich ein. Der Hardl baute sich im Speicher oben eine Schlafkammer aus, später ließ sich die an Sommerfrischler vermieten.
„Sie haben Recht", sagte sie, „wir haben einen Umbau!"
„Sag ich ja", meinte die Frau zufrieden nickend. Dann beugte sie sich erneut über die Karten.
„Ich hab jemand gern!", sagte Nanni in die Stille hinein.
Die Frau lächelte: „Ich seh ihn schon!"
„Wo?"
„Da, neben dir liegt er!" Sie wies auf ein bestimmtes Blatt.
„Und?", fragte Nanni leise.
„Es war eine schicksalhafte Begegnung zwischen euch zwei, aber ihr kommt nicht zusammen!"

Nanni erschrak zutiefst. „Warum nicht?"
„Das kann ich dir nicht sagen!", entgegnete die Frau.
Nanni suchte die Augen der Sprechenden. Wollte oder konnte die ihr nichts darüber sagen?
„Ich sehe auch einen Todesfall in der Familie", fuhr die Kartenlegerin mit ihrer Prophezeiung fort. „Ein naher Anverwandter ist es!"
Nanni wusste niemanden aus der Familie, der im Sterben lag. Außerdem wollte sie mehr über ihr Verhältnis zum Girgl hören. Sie sagte deshalb: „Der Bursch und ich wären wahrscheinlich schon beieinander, wenn der Vater nicht von Anfang an so dagegen gewesen wär!"
„Damit hat dein Vater Recht gehabt!", antwortete ihr die Frau. Sie raffte die farbigen Blätter zusammen. Zuvor erklärte sie noch: „Es muss einmal einer von eurer Sippe über die Grenze gekommen sein!"
„Nein, darüber weiß ich nichts!", sagte die Nanni. Heimlich freute sie sich über die falsche Aussage. Es stimmte also doch nicht alles, was die Frau in ihren Karten sah. Und dass sie und der Girgl nicht zusammenkommen würden, das stimmte sicher ebenso wenig.
Die andere hielt an ihrer Behauptung fest. „Doch, da war etwas! Frag nur daheim nach!"
Sie stand von ihrem Stuhl auf: „Wir müssen aufhören, es kommt noch jemand zu mir!"
Sie lächelte das Dirndl ein wenig mitleidig, aber auch ein wenig spöttisch an: „Du wirst also wie so viele andere ohne Liebe durchs Leben gehen!"

„Den Eindruck hab ich bis jetzt noch nicht gehabt!" Trotz ihrer Verblüffung war Nanni diese Antwort eingefallen.

„Du hast dir die Liebe genommen", bekam Nanni jetzt zu hören. „Es ist ein Unterschied, ob man etwas zu Recht besitzt, oder ob man es sich einfach nimmt!"

Das Dirndl hatte jetzt genug gehört. Sie empfand die letzten Worte der Frau als Gehässigkeit. Trotz erwachte in ihr.

„Was bin ich ihnen schuldig?", fragte sie knapp.

„Zwei Mark, aber in Silber!"

Nanni bezahlte ihre Schuld und ging heimzu.

Ihr war zum Weinen zumute. Und sie ahnte es, sie würde einige Zeit brauchen, um mit dem Aufruhr in ihrem Herzen fertig zu werden.

Als die Nanni sich auf d'Nacht bei der Mutter vorsichtig erkundigte, ob aus ihrer Familie jemand über die Grenze gekommen sei, wusste die nichts davon. Nanni atmete erleichtert auf.

❦

Wie nie zuvor sehnte Nanni das nächste Stelldichein mit dem Burschen herbei. Sie konnte die Stunde kaum erwarten, in der sie ihn wieder sah, wo sie sich endlich gegenüberstehen und miteinander reden konnten. Und wo sie die bösen Worte der

Kartenschlägerin, sie müsse ohne Liebe durchs Leben gehen, aufs Neue widerlegt finden würde.
Wie langsam die Zeit verging! Hielt wirklich eine unsichtbare Hand die Uhrzeiger an?
Nanni aß nur ganz wenig von dem Apfelschmarren, sie hatte keinen Appetit und beschloss aufzubrechen. Wie immer hatte sie heftiges Herzklopfen. Sie wurde ruhiger, nachdem sie den größten Teil der Strecke, die sie von ihrem Ziel trennte, zurückgelegt hatte. Als sie unter dem Zaun hindurchschlüpfte, spürte sie, wie sich die feinen, klebrigen Altweibersommerfäden über ihr Gesicht spannten. Es war, als wollten die sie aufhalten.
Nanni streifte das dünne Gespinst weg. Keine Macht der Erde könnte sie bremsen!
Unterm Gehen schon suchte sie den jenseitigen Waldsaum mit den Augen ab, konnte jedoch den Burschen nicht entdecken.
Sie fand den Platz, an dem sie sich immer trafen, leer. Einsam und verlassen lag er da. Nanni fragte sich, ob das wirklich noch derselbe Ort war. Sie bemerkte jetzt einen Büschel vergilbender Brennnesseln und wirr durcheinander liegendes, verdorrtes Reisig.
Wo waren die langstieligen Blumen mit ihrem sonderbaren Rot, die so gut zu Girgls Augenfarbe passten? Wo die schwellenden Moospolster? Sie schauten heute so gelblich zerrupft her.
Hatte sie sich das Vorhandensein dieser schönen Welt nur eingebildet?
Nanni wusste, wäre der Geliebte da gewesen, hätte

sie all das, was ihr hässlich vorkam, nicht bemerkt, hätte nur Schönes gesehen.
Nanni wartete, wartete. Sie konnte sich nicht entschließen, den Rückweg anzutreten. Vom Kirchturm hallten Glockenschläge herüber. Drei Uhr! Eine Stunde später war es bereits, als sie und der Bursch vereinbart hatten.
Schweren Herzens machte sie sich schließlich doch auf den Heimweg. Öfters blieb sie stehen, schaute sich um, sie konnte es nicht glauben, dass der Girgl nicht gekommen war.
Sie bückte sich unter den Zaun, unter dem sie vorher mit so freudiger Erwartung hindurchgekrochen war. Ein letztes Mal drehte sie sich um, strengte ihre Augen an, suchte die Gegend mit ihren Blicken ab. Nichts!
Ihr Herz zitterte vor Aufregung.

Nanni tat ihre Arbeit wie sonst auch. Sie molk die Kühe und schüttete ihnen Streu unter den Leib. Das war ihre Arbeit. Der Bauer fütterte und gab den Tieren Wasser. Der Hardl schob den Mist aus. Die Bäuerin teilte sich mit ihrer Tochter das Melken. Nach zwei Stunden war die Stallarbeit beendet, diese Zeit benötigte das Vieh auch zum Fressen.
Nanni hatte es sich während der Stallarbeit vorgenommen, hernach noch zur Lisl zu gehen. Die Enttäuschung über des Burschen Wegbleiben ließ ein wenig nach bei der Aussicht, sich mit der Freundin darüber beraten zu können.

„Mädi!“ Der Hund kam Nanni mit Schweifwedeln entgegengelaufen. Das Dirndl tätschelte das Tier: „Ja, du darfst heut mit mir zur Lisl gehen!“

Die Lisl freute sich über Nannis Besuch. „Dass du heut zu mir kommst?“ Es war keine Frage, nur ein fröhliches Verwundern. Augenzwinkernd fügte die Freundin hinzu: „Du nimmst dir doch sonst nur für den Girgl Zeit!“
Sie saßen allein in Lisls Schlafkammer und konnten frei reden.
„Ach Lisl“, begann die Nanni, „ich muss dir etwas sagen! Ich kenn mich nimmer aus mit dem Girgl. Ich steh vor einem Rätsel. Immer wenn ich mein, jetzt fehlt gar nichts mehr, dann ist wieder etwas Fades. Heut haben wir uns zusammenbestellt gehabt, aber er ist nicht gekommen.“ Sie schaute die Freundin betrübt an.
„Er wird sich halt vorerst nimmer sehen lassen können“, meinte die Lisl.
Nanni starrte die Freundin überrascht an: „Wieso? Warum?“
„Ja, weißt du denn das nicht? Der Girgl hat doch richtig Schläg gekriegt auf dem Unterschwaigerbauern seiner Hochzeit!“
„Nein, ich hab ihn ja nimmer getroffen seitdem!“
Nicht ohne Schadenfreude redete die Lisl weiter: „Wegen einer Stadtflitschen ist es hergegangen. Die hat in der Post übernachtet und da muss der Wirt zum Girgl gesagt haben, er könnt das Fräulein schon anspinnen, aber schlafen tät sie bei ihm, in

der Post. Der Girgl hat vor lauter Eifersucht gleich dreingehaut, aber den Kürzeren gezogen. Grün und blau haben dem Wirt seine Spezln den Girgl geschlagen."

„Und von wem weißt du das?", fragte die Nanni, nachdem sie diese Neuigkeit gehört hatte.

„Vom Postmetzger, der war gestern da und hat ein Kalb geholt."

„Hat ihm keiner geholfen, dem Girgl?", wollte Nanni wissen.

„Anscheinend nicht, von seinen Freunden wird keiner da gewesen sein und der Unterschwaiger kann als Hochzeiter dann doch nicht raufen!"

Lisls Augen funkelten: „Sogar die Resl vom Hennerer hinten, von der es allweil geheißen hat, sie hätte es mit dem Girgl, hat ihm noch ihren Regenschirm hinaufgehaut, wie er am Boden gelegen ist! Und Recht hat sie gehabt, dass sie es ihm gezeigt hat, dem Hallodri, was er ihr wert ist!"

„Lisl", tadelte die Nanni, „warum lässt du am Girgl gar kein gutes Haar?"

„Ich seh ihn halt, wie er ist", erwiderte die Lisl, „und du kommst auch noch drauf. Aber du musst es selber tun, denn wenn ich dir etwas sag, dann glaubst du es mir nicht. Der Girgl ist ein treuloser Mensch, er kennt keine Liebe, er sucht nur sein Vergnügen!"

„Ob es so ist oder anders", wehrte sich die Nanni, „ich kann nicht aus! Wenn er eine Zeitlang nichts von sich hören lässt, dann bin ich niemand mehr, erst dann, wenn ich ihn wieder seh, leb ich wieder!"

Die Lisl nickte wissend: „Der hat dich ganz schön in der Hand, der Girgl!“
„Ja“, gestand Nanni, „ich denk allweil an ihn. Ich muss an ihn denken, ob ich will oder nicht!“
„Wie man mit einem Mannsbild so narrisch sein kann?“ Verständnislos schaute die Lisl Nanni an. „Ich hab schon wieder ausgesponnen!“
Nanni redete weiter: „Ich denke an ihn, wenn das Herdfeuer kracht. Wie er am Anfang einmal bei mir auf der Hausbank gehockt ist, hat es auch geknistert und da hat er mich gefragt, was da so tut. Alles um mich herum ist mit einer Erinnerung an ihn verknüpft!“
Die Freundin starrte die Beichtende erschrocken an: „Bei dir fehlt es ganz schön weit! Du musst dich zusammenreißen! Es wäre nicht das erste Mal, dass eine wegen einem Mannsbild den Verstand verliert! Was tust denn, wenn er dich einmal hocken lässt? Sich gar nimmer sehen lässt? Bedenk doch, er hat dieser Sennerin ein Kind gemacht, dann war er hinter der Hennerer Kassiererin her und neulich hat er auch noch gerauft wegen einer Wildfremden!“
„Er ist immer wieder zurückkommen!“, sagte Nanni nachdenklich.
„Ja, weil er es weiß, dass du dir alles gefallen lässt von ihm!“ Ein rachsüchtiges Lachen kam aus Lisls Mund: „Ha, der Girgl, der käm mir recht! Dem tät ich einmal das Notwendige sagen! Was willst du denn, tät ich sagen zu ihm. Auf was hast du es denn bis jetzt gebracht? Beim Unterschwaiger hast eine schattseitige Kammer und da musst du froh sein,

dass er dich nicht hinausschmeißt, weil du wilderst. Wenn er nicht dein Kriegsspezl wär, dann hätt er es wahrscheinlich schon getan.“ Sie hielt kurz inne: „So musst du ihm kommen! So!“

Nanni schaute die Freundin ruhig an. „So etwas sag ich nie und nimmer zu ihm!“

„Und warum nicht?“ Hartnäckig klang Lisls Frage.

„Erstens will ich nicht, dass etwas, was einmal schön war, so aufhört und zweitens bin ich mir dafür zu nobel!“

Die Lisl fuhr auf: „Dann sei dir auch zu nobel, um ihm nachzujammern!“

Die Nanni senkte beschämt die Augen.

„Ich möcht dir ja nur helfen“, hörte sie die Freundin sagen.

Nanni schwieg. Sie wusste, niemand konnte ihr helfen, niemand außer dem Burschen selbst. Er allein hatte es in seiner Macht, ob sie glücklich sein durfte oder betrübt sein musste.

Nanni schaute auf die Wanduhr. Sie erhob sich: „Komm, Mädi, wir gehen heim!“

„Ich begleit dich ein Stück Wegs!“

Es war eine Vollmondnacht. „Heut ist es schön heraußen“, hätte der Girgl die Nacht gelobt. Schon waren Nannis Gedanken wieder bei ihm.

„Weißt du“, sagte sie in um Verstehen bittendem Ton zur Lisl, „unsere Liebschaft dauert schon eine lange Zeit. Es hängen zu viele gemeinsame Erinnerungen daran und deswegen komme ich nimmer los davon!“

„Du nicht! Er schon!“

Nanni gab darauf keine Antwort. Doch als sich die Freundin verabschiedet hatte, wendete sich Nanni um und sagte halblaut: „Und du, Lisl, was bist du? Bist auch nur ein Dienstbot! Hast auch nur eine kleine Kammer, bist nicht besser dran wie er!“
Sie bereute es jetzt, ihre Sorgen der Freundin zugetragen zu haben. Die hatte ihr in keiner Weise geholfen, im Gegenteil, die hätte sie gerne noch mehr in den Dreck hineingedrückt, hatte aber das Gegenteil bewirkt, denn …
… Nanni begann wieder zu hoffen.

❦

„Zwanzig Tage haben wir uns nimmer gesehen!“
Nanni sagte es in bedauerndem Ton, als sie und der Girgl sich endlich wieder gegenüberstanden.
„Weil das auch noch was ist!“, meinte er.
„Für mich schon!“, gestand das Dirndl.
„Ich hab aber nicht kommen können“, erklärte er, „weil ich so ausgeschaut hab! Da“ – er deutete auf den Winkel seines linken Auges – „da bin ich immer noch grün und gelb. Ich hab doch gerauft!“
„Ich weiß!“, erwiderte Nanni.
„Von wem?“
„Von der Lisl“, entgegnete sie wahrheitsgetreu, „und der hat es der Postmetzger erzählt!“
„Hat er dann das auch gewusst, wie es hergegangen ist bei der Rauferei?“

„Ja!“, sagte die Nanni, weil sie ihn grundsätzlich nie anlog.
Der Bursch hatte es sofort begriffen, dass Nanni die näheren Umstände der Schlägerei kannte. Er sagte darum: „Mir hat sie ja gar nicht gefallen, die Stadtschicks …“
Nanni legte ihm ihren Zeigefinger auf den Mund: „Sag nichts! Ich will es nicht wissen!“
„Recht hast!“, stimmte er ihr zu.
Sie wechselte das Thema: „Schau her, ich zeig dir was!“ Nanni öffnete ihre Jacke und den obersten Knopf ihrer Bluse. „Ich hab mir von deinen Grandln einen Anhänger machen lassen!“
Der Girgl hatte kein Interesse an dem Schmuck. Als Nanni die Bluse wieder zumachen wollte, sagte er lächelnd: „Lass nur gleich offen!“
Er gab ihr einen kleinen zärtlichen Schlag auf ihre Finger.
Dann begann er damit, ihre Blusenknöpfe aufzumachen.
Nanni hielt still. Ihr Blick wanderte über die grünen Felder, bis hin zu den schwarzen Wäldern, weiter zu den blauen Vorbergen, hinauf zu den bereits schneebedeckten Gipfeln.
Sie hatte sich nichts anderes gewünscht, als bei ihm zu sein. Ihn endlich wieder zu sehen.
„Ach Girgl“, seufzte sie, „hast du auch so viel an mich denken müssen, wie ich an dich?“
Sofort unterbrach er seine Zärtlichkeiten. Seine Antwort kam schnell: „Da hätt ich gar keine Zeit dazu gehabt!“ Er zeigte sich plötzlich lebhafter:

„Ihr Weibsbilder, ihr meint immer, unsereins hätt den ganzen Tag nichts anderes zu tun als an euch zu denken!"
Nanni zuckte zusammen. „Ihr Weibsbilder!", hatte er gesagt.
Er fuhr fort: „Und brauchst nicht meinen, dass ich die Kugel, die mir der Jager hinaufgebrannt hat, nicht spür! Die tut oft gräulich weh! Was mich noch mehr verdrießt: Mein Stiefbruder passt auf mich auf wie ein Schießhund! Er weiß, dass ich mit dem Stutzen ausrück und macht mir Vorwürf über Vorwürf! Früher ist auch kein Kind da gewesen, für das ich zahlen hab müssen!" Der Bursch zwirbelte unwillig an seinem Schnurrbart: „Außerdem muss ich meinen Kopf bei der Arbeit haben!"
Nanni war jetzt, nachdem er ihr alles geklagt hatte, was ihn bedrückte, fest entschlossen, den Nachmittag nicht so hoffnungslos zu Ende gehen zu lassen. Sie fasste nach seinen Händen: „Ich hab es dir doch schon einmal gesagt, dass wir, wenn es uns einmal nicht so gut oder gar schlecht geht, erst recht fest zusammenhalten müssen!"
Ganz leise hatte sie ihm das gesagt. Ihre Sanftheit wirkte auf ihn, er schien sich zu besinnen, zu welchem Zweck sie hier zusammengekommen waren. Doch nicht, um sich das Leben schwer zu machen?
„Komm", sagte er, „gehen wir weg da!"
Das Dirndl folgte ihm willig. Auf diesem Platz, an dieser unseligen Stelle, an der so viel Ärgerliches geredet worden war, konnte es zu keiner Glückseligkeit mehr kommen.

Der Bursch zwängte seinen Körper durch ein dichtes Gestrüpp. Er streckte den Arm nach hinten und ergriff Nannis Hand. Ein schmaler Pfad, überwuchert von langem Waldgras und Brombeerranken, führte steil bergauf. Unter dem Schirm einer Tanne ließen sie sich nieder.

„So“, sagte er aufatmend, „jetzt erzähl mir was von dir! Von mir hab ich nichts Gescheites gewusst!“

„Gestern ist einer da gewesen“, begann Nanni, „der hat mich eingeladen, ich soll mit ihm den Leonhardiritt in Fischhausen anschauen.“

„Wärst halt mitgegangen mit ihm!“ Eine Drohung klang in des Burschen Vorschlag mit, sie war deutlich herauszuhören.

„Nein“, antwortete das Dirndl, „ich hab nicht mögen! Aber ich wollt ihm auch nicht direkt einen Korb geben, deshalb hab ich gesagt, er soll meinen Vater fragen. Ich hab aber derweil meinen Vater schon angestiftet, wenn er gefragt wird, dann soll er mich nicht lassen!“

„Wenn du mit dem andern mitgegangen wärst, dann hätt ich dich nimmer mögen. Aber ich versteh nicht, warum du da deinen Vater vorgeschoben hast, das hättest ihm ja selber klarmachen können!“

„Ich wollt ihm nicht weh tun“ erklärte die Nanni.

„Oder soll ich's ihm sagen?“, schlug der Girgl schmunzelnd vor.

Des Dirndls Bericht hatte sein Begehren angestachelt. Stürmisch umfasste er ihre Hüften. Nanni schloss die Augen, sie durfte sich seiner wieder sicher sein.

Als sie sich getrennt hatten, jedes in seine Richtung ging, blieb sie stehen und schaute ihm nach, solange etwas zu sehen war von ihm. Erst als sie es nimmer unterscheiden konnte, ob das Grau da drüben von seiner Joppe oder von einer Buche stammte, richtete sie sich auch zum Gehen.
Ich geh heim, kam ihr in den Sinn, und gehe zugleich von meinem Daheim fort!

❦

Der Fischhausener Leonhardiritt und der darauf folgende Gottesdienst waren vorüber, die Teilnehmer hatten sich um ihre Gespanne und Rösser zu kümmern, die Zuschauer schickten sich zur Heimkehr an. Ein großer Teil von ihnen aber strebte dem direkt an der Straße liegenden Gasthaus zu. Unter ihnen der Girgl und die Nanni.
Ein ungewöhnlich warmer Tag für diese späte Jahreszeit war es, die Leute nahmen fast alle an den vor dem Wirtshaus aufgestellten Tischen und Bänken Platz.
Nanni hatte heute ein neues Gewand aus grünlich schimmerndem Stoff an, das oben am Hals mit schwarzem Samt abschloss. Sie hatte es angezogen, weil der Girgl sie noch nie darin gesehen hatte.
Aber das im Stillen erhoffte Lob, die Bewunderung blieben aus. Der Girgl kannte viel zu viele Leute und er war bei vielen beliebt. Von überall her wur-

de er gegrüßt und begrüßt, er fand gar keine Zeit sich mit der Nanni zu befassen.
Eben zog er seine Füße unter der Bank hervor und schickte sich an, zum Nachbartisch hinüberzugehen, da stellte die junge Kellnerin die bestellte Maß Bier vor ihn hin.
Der Girgl bezahlte, dann schob er der Maid den Krug entgegen: „Tu mir den Gefallen und trink an!"
Lächelnd setzte die Kellnerin den Steinkrug an den Mund, trank, dankte und entfernte sich.
Der Girgl schaute ihr nach: „Die hat ein paar stramme Wadl!"
„Kegelkugelwadel!", stellte die Nanni laut fest.
Sie biss sich auf die Lippen und schämte sich. Weil sie eifersüchtig war, ließ sie sich dazu hinreißen, ihren Ärger zu zeigen.
Der Bursch schmunzelte: „Ich hab dich schon!"
Nanni musste wieder einmal erkennen, dass sie mit dem Girgl kein leichtes Spiel hatte, sie kam sich so hilflos vor. Sie wusste nicht recht, wie sie sich jetzt verhalten sollte angesichts dieser neuerlichen Kränkung ihres Stolzes.
Der Girgl befand sich jetzt drüben bei seinen Bekannten, Nanni saß allein da.
Jemand berührte sie am Arm. Sie schaute auf. Es war der Bursch, dem es eine Ehre und eine Freude gewesen wäre, wenn er sie zu dem Umritt hätte begleiten dürfen. Der junge Kerl war aus Hausham und erlernte in Schliersee das Schmiedehandwerk. Der kürzeste Weg zu seinem Lehrherrn wäre der

über den Kirchbichl gewesen, aber er nahm öfters die Straße, die an Nannis Daheim vorbeiführte, nur um vielleicht einen Blick auf das Dirndl zu erhaschen oder ein paar Sätze mit ihr reden zu können. Nanni hatte sich ihm gegenüber immer freundlich gezeigt, doch nicht mehr. Trotzdem gab es ihr Verehrer nicht auf sie anzuhimmeln.

In seinen Augen lag in diesem Augenblick ein stummer Vorwurf. „Jetzt bist doch da!"

War es, weil sich das Dirndl gekränkt fühlte, war es der aus Verzweiflung geborene Wunsch, jemanden, der durch seine Gefühle ihr ausgeliefert war, ebenfalls zu verletzen, oder war es die Einsicht, wie verachtenswert es ist, einen Liebenden in dem irrigen Glauben zu lassen, er käme an sein Ziel, oder war es alles zusammen? Nanni sagte jedenfalls zu dem Burschen: „Toni, es hat keinen Sinn! Ich kann dich gut leiden, aber weiter langt es nicht! Ich glaube, es ist besser, du weißt es. Ich möchte nicht, dass du später sagst, ich hätt dich hingehalten!"

Der Bursch war bis in den Mund hinein käsweiß geworden. Er rang sich zu einer Antwort durch: „Ist gut, Nannerl, dass du mir das offen sagst! Mein Bruder will nach Amerika auswandern, ich wär deinetwegen dageblieben. Aber jetzt hält mich nichts mehr!"

Nanni sagte nicht, sie wünsche ihm Glück dazu, fragte nicht, ob er ihr einmal schreiben würde. Sie spürte es, ihre leeren Worte hätten sein enttäuschtes Herz nicht erreicht.

Nanni war wieder allein, als der Girgl an den Tisch

zurückkehrte. Er ließ sich eine Zither bringen und spielte und sang ein Lied nach dem anderen. Die Wildschützen kamen darin gut davon, die Jäger weniger.

Mit Genugtuung bemerkte Nanni, dass er die Kellnerin kaum noch beachtete, sein Interesse galt nur dem Zitherspiel.

Ein warmer Südwind umfing die beiden, den Burschen und das Dirndl, auf ihrem Heimweg. Sie verabschiedeten sich, als bereits die Umrisse des Hofes zu sehen waren, und Nanni kam erst spät in der Nacht heim.

❦

Der Frühling neigte sich seinem Ende zu. Die Kirschen waren bereits verblüht, die Blütenblätter am Abfallen. Ein leichter Wind ließ sie zu Boden schweben. Die Sonne strahlte über allem.

Ja, es war ein schöner Tag, an dem die Nanni und der Girgl, beide in schmucker Tracht, Oberach entgegenfuhren.

Die zwei mussten einen erfreulichen Anblick bieten, denn als sie ein anderes Gespann überholten, griff dessen Lenker, ein alter Bauer, nach der Geißel und schickte dem Paar einen fröhlichen Schnalzer nach. Ehe Nanni die Bedeutung begriff, langte der Girgl nach dem Peitschenstecken, der seitlich am Wagerl steckte, und schnalzte zurück.

Beim Glasl in Oberach, dem lang gestreckten Gasthaus in der Nähe des Wallbergs, angelangt, sahen sie, dass der Garten voller Leute war. Auf einer im Freien stehenden Bühne drehten sich die Paare zu einer Melodie der Blechmusik.

Der Hausmeister kam herbei und spannte den Bräundl aus. „Beim Holzhackerball gibt es allweil Leut genug!“, sagte er.

Der Hausl führte das Ross in den Stall zu einem freien Stand, der Girgl und die Nanni näherten sich den Tischen. Viele Augen schauten ihnen entgegen.

„Wo setzen wir uns hin?“, wandte sich die Nanni an ihren Begleiter.

„Irgendwo dazu halt!“, antwortete der.

Aus verschiedenen Richtungen kamen Rufe: „Jennerwein, da ist noch etwas frei! Girgl, daher!“

Der Girgl erkannte unter den Rufern seinen Kameraden Lampl aus Reichersbeuern.

Auch Nanni erinnerte sich an das bärtige, hagere Gesicht. Am Tölzer Markt hatte sie es dortmals gesehen.

„Bluat vo da Gams!“ Der Girgl begrüßte den Freund mit dessen Leibspruch.

Der Lampl hatte durch Nachrücken auf der langen Bank Platz geschaffen, aber die Umsitzenden wollten den Girgl in ihrer Mitte haben: „Bringt dem Jennerwein die Zither! Gelt, Girgl, du spielst uns jetzt auf!“

Der Bursch ließ sich nicht zweimal bitten. Im Gegenteil, er konnte es kaum erwarten, bis das Instrument vor ihm auf dem Tisch lag.

Er kannte die Wirkung, die sein Spiel und sein Gesang auf die Zuhörer ausübten.
Die Leute horchten auf, als der Bursch mit einem Wildschützenlied begann.

„Es wolltn zwölf Jager ins Birschn ausgeh;
sie san voller Schneid und die Nacht is so schee.
Da kemman de Jager vorn Resei sei Tür,
filleriaradio, aber 's Riegei is für.

‚Geh, Resei, steh auf, tua dei Türl aufmacha,
zwölf Jager san draußn, muaßt Krapfa bacha!'
‚I ko net aufmacha, i ko net auftoa',
filleriaradio, ‚bin ja ganz alloa.'

‚Du ko'st scho aufmacha, du ko'st scho auftoa,
an Wildschütz hast drinna, du bist net alloa.
He, Franzl, ergib di, muaßt schleunig aufsteh',
filleriaradio, ‚muaßt mit uns iatz geh!'

‚Und seids ös zwölf Jager, kunnts mehrer no sei,
a lebfrischer Schütz und der gibt si net drei!
Gehts hoam, ös zwölf Jager, sunst kunnt was passiern',
filleriaradio, ‚nia lass i mi führn.'

Und 's Fenster geht auf und der Stutzn, der kracht,
dass' weit ummahallt bei der stockfinstern Nacht;
da fürchtn si d' Jager, da packt sie der Graus,
filleriaradio, nehman all Reißaus.

‚De Jager san furt', sagt as Dirnei, des kloa,
‚i ho no zwoa Krapfa, ghörn dir ganz alloa;
da schlaf ma mitnander, du saggrischer Bua',
filleriaradio, ‚bis morgn in da Fruah.'"

Nachdem er geendet hatte, wurde ihm begeistert Beifall geklatscht. Die Musik setzte wieder ein, mit einem ins Gehör gehenden Ländler, und der Girgl, bester Laune, klapperte mit dem Bierkrugdeckel den Takt dazu.
Der Lampl beugte sich über den Tisch dem Girgl entgegen. „Der Pföderl ist auch da!", flüsterte er. „Da drüben neben der Tür hockt er. Und er hat anscheinend eine dabei!"
Der Girgl spähte in die Richtung, in der sein Erzfeind sitzen musste – und tatsächlich, er war es. An seiner Seite hatte er ein städtisch gekleidetes Frauenzimmer, das dem Girgl schon allein deswegen nicht gefiel, weil es bei dem Jäger dabei war. Er schmunzelte spöttisch: „Du lieber Himmel, das ist dir vielleicht ein Schrag'n!"
Hatte der Jäger es gemerkt, dass von ihm geredet wurde? Vorhin schon hatte er erbitterte Blicke herübergeworfen. Auf einmal stand er vor dem Tisch. Er schaute nur die Nanni an. „Dirndl", sagte er, „lass dich von dem Lumpen da" – eine Kopfbewegung wies auf Girgl hin – „nicht zum Narren halten! Ich sag es dir, mit dem war noch eine jede ausgeschmiert, da wärst du nicht die erste!"
Der Girgl fuhr auf: „Was geht das dich an?"

„Halt 's Maul", sagte der Jäger. „Kümmer dich lieber um dein Kind!"
Nanni ahnte, was in den Männern vorging. Jeder dachte jetzt an jene Nacht, in der der eine dem anderen die Geliebte abspenstig gemacht hatte. Einer war Sieger geworden, der andere war der Verlierer. In Girgls Gesicht entstand ein böses Lächeln, sein Kinn reckte sich nach vorne. Mit einer aufreizend langsamen Bewegung nahm er seinen Hut vom Kopf und zog dem Jäger den Gamsbart quer über das Gesicht: „Schau, Pföderl, das Kraut wachst in dein' Garten, aber brocken tu's ich!"
Ringsumher war es totenstill geworden. Weiß wie die Hausmauer war der Jäger, als er zu seinem Tisch zurückging, sein Gewehr packte und den Garten verließ.
Einer der Umstehenden lachte unterdrückt auf: „Jetzt hab ich gemeint, Girgl, der erschießt dich glatt!"
Mehrere Leute schauten den Sprecher strafend an, andere kicherten nervös, aber der Lampl sagte ernst: „Girgl, heut hast dir einen Feind im Pföderl gemacht!"
„Das ist der allweil schon gewesen!", erwiderte der Bursch schroff.
„Jetzt hast einen Todfeind!"
Der Bursch winkte geringschätzig ab. Er fasste Nanni um die Hüfte und führte sie so zur Tanzbühne.
Als sie das Podium verließen, trat das Frauenzimmer, über das sich der Girgl so abfällig geäußert

hatte, an sie heran. Die Fremde hatte ein Blatt Papier und einen Bleistift in der Hand und bat das Paar, von ihm eine Skizze anfertigen zu dürfen.
Der Girgl fühlte sich geschmeichelt. Außerdem hatte er etwas gutzumachen.
Er und Nanni stellten sich in Positur.
„Dürfen wir schauen, wie es geworden ist?“, fragte Nanni die Malerin.
„Das bin ich?“, rief sie aus, nachdem sie die Zeichnung gesehen hatte.
Auch der Girgl war nicht ganz zufrieden: „Du hast ja den Spielhahnstoß nach hinten gestellt, nicht nach vorn!“
Die Frau lächelte: „Das ist künstlerische Freiheit!“
Allmählich lockerte sich die angespannte Stimmung, die sich seit Girgls Streit mit dem Jäger breit gemacht hatte, und schließlich war sie gänzlich verflogen.

❦

Wochenlang hatte es nun geregnet, nein, gegossen und der Bach führte Hochwasser. Nanni musste die Schuhe und die Strümpfe ausziehen, um ihn überqueren zu können.
Der Girgl schaute ihr vom jenseitigen Ufer aus zu. Als Nanni das Wasser durchwatet hatte, kniete er sich nieder und streckte ihr seine rechte Hand entgegen.

Die Böschung war hier ziemlich hoch. Nanni bekam Angst. „Und wenn ich dann in den Bach fall?"
„Ich halt dich ja!", beruhigte er sie.
Ihre Bedenken waren umsonst gewesen. Wie ein Schraubstock hielt er sie mit seinem starken Arm fest und zog sie über das überhängende Erdreich zu sich hinauf.
Nanni schmiegte sich an ihn. „Jetzt bin ich bei dir!"
Eine Weile standen sie so. Ein Vogel schwang sich neben ihnen von Ast zu Ast, der Bach gluckste, der Bursch ließ sich ins Gras fallen und zog Nanni an seine Seite.

„Heut ist es nichts Gescheites gewesen", behauptete er, als er sich mit Nanni erhoben hatte.
„Ja", erwiderte sie ihm lächelnd, „weil wir es zu spät gespannt haben, dass wir in einem Ameisenhaufen liegen!"
„Kann sein, dass es das war", meinte er.
Beide wussten es, es war nicht der Ameisenhaufen allein schuld an dieser spürbaren Veränderung. Der Zustand, der keine Wünsche mehr offen ließ, hatte sich diesmal nicht eingestellt bei ihnen, etwas hatte gefehlt. Nur, der Girgl tat seinen Unmut darüber kund, während Nanni ängstlich schwieg.
Sie sagte lediglich in liebevollem Ton: „Du meinst ja immer, es müsste ein jedes Mal sein, wenn wir uns sehen!"
„Du wärst schon nett", entgegnete er ihr, „man ist doch grad einmal jung. Und da soll was gehen!"

Vielleicht hätte sich Nanni von dieser Äußerung abgestoßen gefühlt, wenn sie den Burschen nicht gar so gern gehabt hätte. Aber dieser Umstand entschuldigte fast alles.
„Man ist auch nicht allweil gleich gut aufgelegt", hörte sie ihn sagen. Seine Stimme klang jetzt gepresst.
„Was ist, Girgl?" Sie legte ihm ihre kleine Hand auf den Joppenärmel.
„Die Hundsjager machen es mir schwer! Sie belauern mich regelrecht jetzt! Und jemand muss umeinander sein, der es ihnen verrät, wenn ich dem Berg zugeh!"
„Wer? Hast du einen Verdacht?"
„Ja und nein", antwortete er grübelnd.
„Glaubst du, dass es vom Hennerer hinten jemand ist?" Nanni wagte es nicht, den Namen der Kellnerin zu nennen.
Er schaute sie sofort zornig an: „Was redest denn für einen Schmarrn daher! Die helfen doch zu mir und nicht zu den Grünen! Außerdem sind sie ja selber in das größte Schlamassel gekommen gestern. Da sind etliche Jager mit den Gendarmen aufgetaucht und die haben ihnen das ganze Haus von zuoberst nach zuunterst gekehrt. Sie haben aber nichts gefunden von dem Wildbret, nach dem sie gesucht haben. Kein Gramm nicht!" Erregt redete der Girgl weiter: „Die Wirtin ist so narrisch gewesen, die hat dann noch die Unterhose runtergetan und hat ihnen den nackten Arsch hingereckt zum Abschied!"

„Das muss ja sauber ausgeschaut haben!“ Nanni kann bei dieser Vorstellung nicht lachen.
„Wer weiß, ob es wahr ist“, erwiderte der Bursch. „Ich glaub’s gar nicht! Die Wirtin ist sonst nicht ungut!“
Nanni verstand ihn. Er wollte der Frau, in deren Haus er verkehrte, nichts Unschönes nachgesagt haben. Nichts behaupten, was vielleicht gar nicht stimmte. Zeugte das nicht von Festigkeit und Charakter?
Unvermittelt sagte er: „Bei dir daheim könnten sie auch mittendrin das Haus durchsuchen. Euer Hardl wildert!“
„Das glaub ich nicht!“
„Dann glaubst es halt nicht! Ich weiß es, weil er schon einmal bei mir dabei gewesen ist!“
„Wie das?“
„Vor ein paar Monaten ist der Hardl zu mir gekommen und hat gesagt, er hätt dich schon oft gedeckt, wenn du dich mit mir getroffen hast und ob ich ihn dafür nicht ein paar Mal mitnehm, wenn ich auf die Gams geh!“
„Das ist wahr“, gestand Nanni, „er hat mir öfters schwindeln geholfen. Ich hab zu dir nichts gesagt davon, weil ...“ Sie stockte.
Er vollendete ihre Rede: „Weil du es mir nicht eingestehen hast wollen, dass du Schwierigkeiten hast daheim. Aber das hab ich so auch gewusst!“
Er sprang auf: „Ich glaub, wir haben uns verratscht! Ich hab heut meine Uhr nicht dabei!“
Er half ihr wieder über den Bach. Nanni zog sich

die Schuhe und Strümpfe, die sie im Voraus über das Wasser geworfen hatte, wieder an und eilte heim.

Nanni fand die Mutter vor, wie sie einen im Ofen erhitzten Ziegelstein in ein vorgewärmtes Tuch schlug.
„Was ist?“, fragte Nanni mit Unbehagen. Die schlechten Nachrichten, die sie vom Girgl erfahren hatte, machten sie ängstlich.
„Der Vater ist wieder einmal krank“, seufzte die Frau. „Ich trag ihm jetzt einen warmen Stein hinauf und dann hol ich den Doktor! Da frag ich den Vater gar nimmer, ob er einen will oder nicht!“
Nachdem die Mutter das Haus verlassen hatte, ging Nanni zum Vater in die Kammer hinauf. Mit wachsweißem Gesicht lag der Kranke in den Kissen.
„Vater“, sagte Nanni in törichter Hoffnung, „geht es dir jetzt besser?“
„Warum soll es mir jetzt schon besser gehen?“, gab der Bauer unwirsch zur Antwort.
„Glaubst du, dass es dir morgen besser geht?“
„Was weiß ich?“, erwiderte der Vater.
Nanni erkannte es plötzlich, wie schön es die Familie gehabt hatte, als noch keines krank lag. Heftig wünschte sie des Vaters Gesundung herbei.
Des Kranken Hände geisterten unruhig auf der Bettdecke herum. „Müsst ihr nicht mit der Stallarbeit anfangen?“, sorgte er sich.
„Der Hardl ist schon draußen bei den Kühen!“, erwiderte die Nanni.

„Dann geh halt auch hinunter und hilf ihm beim Melken“, befahl ihr der Bauer.
Nanni fühlte, es werde den Kranken am ehesten beruhigen, wenn sie ihm sofort seinen Willen tut. Leise zog sie die Tür hinter sich zu.
Nach jeder Kuh, die sie gemolken hatte, stellte Nanni den Melkschemel beiseite und spähte zum Fenster hinaus, ob die Mutter nicht bald mit dem Doktor daher käme.
Endlich hielt das leichte Gefährt des Arztes vor dem Haus. Zuerst stieg der Mann vom Sitz, dann half er der Bäuerin herunter. Zuletzt bremste er den Wagen ein, spannte das Pferd aus und hängte es an die Kalesche.
Dem Dirndl kam der gesamte Vorgang unwahrscheinlich vor. Es konnte sich mit der Tatsache, dass der Vater krank war und ein Arzt kommen musste, nicht so ohne weiteres abfinden. Bis jetzt war das Leben auf dem Hof in schöner Regelmäßigkeit dahingelaufen. Einzig die Streitereien wegen dem Girgl hatten hin und wieder seinen Gang gestört.
Es dauerte eine Weile, bis der Doktor den Wagen wieder bestieg. Gleich danach schlüpfte die Nanni aus ihren Holzschuhen und eilte strumpfsockig hinauf in den oberen Stock.
„Was hat denn der Doktor gesagt?“, hörte sie den Vater die Mutter fragen.
„Dass es nichts Schlimmes ist, was du hast, und dass du noch lange lebst!“, sagte die Frau.
„Der Krampfgockl!“, erwiderte der Kranke. „Ich

werde es ja doch wohl schon selber am besten spüren, wie ich beieinander bin!“
Trotz dieses Protestes glaubte Nanni einen Anflug von erleichtertem Lächeln in des Vaters Gesicht zu erkennen. Ja, deutlich zeigte sich Hoffnung in seinen Augen!
Die Bäuerin zählte Tropfen aus einem kleinen, braunen Fläschchen auf einen Löffel und gab sie dem Bauern ein.
Nanni kehrte zu ihrer Arbeit zurück. Der Hardl war gerade dabei, die Barren auszukehren. Er warf das darin verbliebene Heu den Kühen vor die Knie. Die würden die Futterreste über Nacht noch fressen.
Nanni überlegte, ob sie ihn auf seine Wildschützenleidenschaft ansprechen sollte, aber sie unterließ es. Der heutige Tag hatte Unruhe genug gebracht.

❦

Das Gras rechts und links von der Straße stand hoch, als sich Nanni auf den Weg zum Girgl machte. Das letzte Wegstück führte sie über eine Wiese. Am Vortag hatte es geregnet, das Dirndl sah sich gezwungen, den Rock hochzuschlagen.
Der Bursch erwartete sie am Waldsaum. Er stand da, seine Lippen hielten einen Halm, er musterte sie genauestens. Sein Blick blieb an ihren schlanken Fesseln, an ihrem schmalen Fuß hängen.

Ein Leuchten, das das Mädchen von früher kannte, von der ersten Zeit ihrer Liebe her, kam in seine Augen.

Der Bursch zeigte sich heute ungewöhnlich sanft. Er legte seine Wange an die ihre und meinte: „Höchste Zeit, dass wir uns wieder einmal sehen, wir zwei!"

Nanni nahm das, was seine dunkle Männerstimme ihr zuflüsterte, voller Seligkeit auf.

„Ja", erwiderte sie leise, „ein Leben ohne Lieb ist wie eine Woch ohne Sonntag!"

„Beschissen wär es!", pflichtete er bei. Er hatte diese Äußerung fast erregt hervorgestoßen. Für Nanni gab es keinen Zweifel, sie bedeutete ihm gerade so viel wie er ihr.

„Noch dazu", sagte sie, „wenn man Sorgen hat, die Lieb tragt einen darüber weg!"

„Wie geht es ihm denn jetzt, deinem Vater?", erkundigte sich der Girgl.

„Gestern ist er das erste Mal wieder aufgestanden", antwortete die Nanni. „Aber arbeiten kann er noch nichts. Die Mutter, der Hardl und ich haben das ganze Heu allein hereingetan. Ab und zu hat uns einer aus dem Dorf geholfen!" Sie fuhr fort: „Und die Grummetarbeit ist nimmer so schwer!"

„Ja, ja", sagte der Girgl versonnen. Seine Gedanken waren woanders. Er setzte sich ins Moos und zog Nanni an seine Seite. Ein Vogel gab einen schluchzenden Laut von sich.

Sie lächelte und meinte: „Jetzt haben wir uns aber wirklich lang nimmer gesehen!"

Er schaute sie von der Seite her an: „Lang?“
„Ja“, entgegnete sie, „ich hab es im Kalender eingezeichnet. Fünf Wochen sind es gewesen. Mehr wie ein Monat! Und ich hab mich gefragt, wie du es so lang ohne mich aushältst!“
„Hast es ja du auch ausgehalten“, erwiderte er.
„Ja, weil ich müssen hab!“, gestand sie. „Du hast dich ja die ganze Zeit her nimmer gerührt! Ich war schon oft ein wenig verzweifelt und ich hab sogar die Unterschwaigerbäuerin beneidet, weil dich die jeden Tag sieht!“
„Die sieht mich jetzt dann auch nimmer!“
Die Nanni riss es. „Gehst du zurück nach Gelting?“
„Nach Gelting“, wiederholte er ungeduldig. „Wer sagt denn was davon? Mein Halbbruder, der Hans, hat eine Holzarbeit in Aussicht, zuhöchst am Berg oben. Wenn wir die übernehmen, dann kommen wir wochenlang nimmer herunter ins Tal. Wir bleiben dann im Kobel oder aber in einer Hütt’n, wenn eine in der Näh’ ist!“
Nanni fand im ersten Moment keine Antwort für seine Eröffnung.
Der Bursch fühlte ihre Enttäuschung. Er verteidigte sich: „Du bildest dir allweil ein“, sagte er zu ihr, „ich tu dir das alles mit Fleiß! Aber es geht halt manchmal so hinaus, da kann ich auch nichts ändern! Außerdem“, fuhr er fort, „hab ich nur gesagt, dass mich die Unterschwaigerin nimmer sieht. Von dir ist keine Red gewesen!“ Tröstend fügte er hinzu: „Innerhalb der paar Wochen schau ich schon

zu, dass ich einmal herunterkomm. Musst halt ein wenig aufpassen!“

Nanni lächelte erleichtert. Die Unterschwaigerin wird ihn nicht mehr sehen, aber sie ihn schon!

Das Dirndl schämte sich seiner Gedanken. Warum war sie immer gleich so misstrauisch? Hörte immer das Schlechtere heraus?

Sie war doch jetzt schon jahrelang mit ihm beisammen und ihre enge Freundschaft hatte gehalten.

Und was die Wilderei betraf, darüber musste sie hinwegsehen. Das Pirschen auf Reh und Hirsch und Gams war ihm zum Lebensinhalt geworden, ja, es war sein Leben. Alles andere zählte für ihn nur halb.

Sie verstand das, oh, nur allzugut verstand sie es, denn was ihm das Wildern war, das bedeutete der Wildschütz ihr.

Zu Hause empfing Nanni eine schlechte Botschaft. Der Vater hatte es herunten in der Stube nicht ausgehalten, er hatte wieder zurück ins Bett verlangt.

Es war dunkel, es regnete. Nanni stand hinterm Haus unter dem alten Welschnussbaum. Sie hörte die Blätter fallen. Jedes einzelne Blatt verabschiedete sich beim Fallen mit einem leise klatschenden Geräusch. Nanni schrak jedes Mal zusammen dabei.

Aus dem Fenster von Vaters Kammer drang ein Lichtschein. Besuch war zu dem Kranken gekommen. Nanni hatte ihn vorhin ins Haus hineingehen sehen, ohne zu erkennen, wer es war.
Der Girgl hatte sich die letzte Zeit wieder arg rar gemacht. Sie hatte weder etwas gesehen noch gehört von ihm. Ob er wusste, was er ihr damit antat?
Nanni warf einen Blick auf das erleuchtete Fenstergeviert im ersten Stock oben. Ein Schatten erschien darin. Die Mutter! Die war also auch droben beim Vater. Keiner würde sie, die Nanni, jetzt vermissen.
Das Dirndl setzte sich langsam in Bewegung, es nahm den Weg in die Richtung, in der es den Geliebten wusste.
Nanni hoffte, wenn sie jetzt zum Unterschwaiger ging, dann müsste der Girgl es spüren, dass sie in seiner Nähe weilte, und zu ihr herauskommen.
Ihre Füße traten in Wasserlachen. Die Schuhe, die Strümpfe, sie würden wieder trocknen, ihre ganze Sorge war, von niemandem gesehen und erkannt zu werden.
In der Nähe des Hofes blieb sie stehen. Den Körper eng an den Stamm eines Obstbaumes gepresst, verharrte sie und spähte unentwegt zum Haus hinüber.
Lediglich in der Stube brannte das Licht.
Der Girgl erschien nicht, aber die Nanni war auch so zufrieden. Sie befand sich da, wo er wohnte, wo er lebte.
Beim Hof drüben erhellten sich plötzlich die Stallfenster, eine Türe ächzte.
Das Dirndl entschloss sich kehrtzumachen.

Zu spät! Eine Laterne bewegte sich auf sie zu, kam näher, ganz nahe. Die Nanni presste sich noch enger an den Baum. Erschrocken hielt sie den Atem an, ihr Herz klopfte wild.

Die Gestalt trat so nah an sie heran, dass sich ihre Gesichter beinahe berührten. „Ah, da schau her, das ist ja die Nanni!"

„Ja!", hauchte das Dirndl. Sie hatte in dem Mann den Unterschwaiger erkannt.

„Jetzt, das ist nett", sagte der Bauer höchst verwundert. „Ich komme gerade von Westenhofen, hab deinen Vater aufgesucht und du bist da bei uns umeinander!"

Nanni suchte krampfhaft nach einer Ausrede. In ihrer Not griff sie zu einer Lüge. „Ich bin wegen dem Vater unterwegs", versuchte sie dem Mann zu erklären, „man hat uns ein Sympathiemittel verraten, demnach soll ich an einer Wegkreuzung etwas vergraben!"

„So, so, und das wär bei uns herhint?"

Der Bauer nickte belustigt, daran erkannte Nanni, dass ihr das Märchen nicht abgenommen wurde.

Hilflose Verzweiflung überfiel sie. Würde der Unterschwaiger über diese nächtliche Begegnung schweigen? Oder würde er es seiner Bäuerin erzählen? Würde er vor dem Gesinde augenzwinkernd darüber reden? Wird sie, Nanni, zum Gespött des Dorfes werden?

„Dann schau nur zu, dass du bei deinem Vorhaben keine nassen Füß kriegst!", spottete der Bauer gutmütig.

Beschämt floh Nanni von dem Ort. Daheim lehnte sie sich zitternd gegen die Hauswand, ehe sie hineinging und sich über die Stiege hinaufschlich.
Bevor sie in ihre Kammer ging, schaute sie noch beim Vater nach: „Brauchst du etwas, Vater?"
„Nein!"
Es war sonderbar, der Kranke brauchte fast nie etwas.
„Gute Nacht, Vater!"
„Gut Nacht!"
Nanni lag noch lange wach und grübelte.
Was war geschehen?
Sie hatte sich nach dem Burschen gesehnt und sich dadurch verleiten lassen, seine Nähe zu suchen. Sie war dabei ertappt worden. So fad das auch war, es war immer noch nicht das Schlimmste. Was kümmerte sie sich um die Leut?
Nanni war zu der Erkenntnis gekommen, dass sie weder Spott noch Verachtung fürchtete. Alles durfte passieren, nur das eine nicht! Der Girgl und sie durften nicht auseinander kommen!

❦

Anderntags flog auf Nacht ein Steinchen ans Fenster. Die Mutter hatte nichts gehört, aber Nanni.
Sie legte seine Stickarbeit beiseite und verließ die Stube. Die Mädi drängte sich an ihr vorbei ins Freie. Der Girgl! Wo war er?

Ein leiser Pfiff verriet es ihr. Der Hund sprang hinunter zur Linde. Da wartete er, der Bursch.
„Grüß dich!", sagte Nanni voll inneren Jubels.
„Grüß dich!", sagte auch er. Und in einem Zug setzte er hinzu: „Du bist gestern hinten gewesen!"
„Ja!", erwiderte sie ruhig.
„Der Bauer hat dich gesehen!"
Nanni schwieg. Sie hatte sich so gefreut über sein Kommen, sein tadelnder Ton kränkte sie.
Der Girgl konnte sich nicht genug wundern: „Wie man so etwas tun kann?"
„Wieso", fragte sie ihn, „du bist doch am Anfang auch oft um unser Haus herum gewesen und hast gepasst, ob ich herausgeh!" Ein wenig Trotz schwang in ihrer Rede mit.
„Ja", gab er zu, „das schon, aber jetzt ist vieles anders, wie es früher gewesen ist!"
„Was ist anders?", wollte sie wissen.
Er wich aus: „Da brauchen wir gar nicht reden darüber!"
„Doch", sagte sie, „ich möcht es hören! Ich möcht es von dir hören, was jetzt anders ist. Bei mir ist nichts anders! Ich mag dich heut noch so gern wie am Anfang, ja eher noch mehr!"
„Darum geht es doch gar nicht!", entgegnete er ihr. Er gab sich einen Ruck: „Allein das, was mir der Unterschwaiger gesagt hat, langt mir!"
Die Nanni schwieg abwartend.
In ihr regten sich erneut Zweifel. Waren seine Worte nur Ausflüchte?
„Der Unterschwaiger", fuhr der Girgl fort, „hat

nämlich deinen Vater heimgesucht!" Er unterbrach sich: „Das musst du ja wissen!"
Nanni bejahte. „Und?"
„Und da hat dein Vater zum Unterschwaiger gesagt, dass er dir das Anwesen nicht gibt, wenn du mich heiratest! Dann kriegt es ein Verwandter!"
Sie suchte in der Dunkelheit seine Augen. „Und wenn ich wählen müsst zwischen dir und dem Anwesen, dann fiel mir die Wahl nicht schwer!"
Der Bursch erwiderte ihr: „Du wärst damisch genug, aber ich tu da nicht mit! Wie lang ging's her, dann könnt ich es mir anhören: Wegen deiner hab ich auf das Sach verzichtet!"
Nanni fragte traurig: „Kennst du mich so wenig, Girgl?"
Er warf den Kopf in den Nacken: „Ich kenn mich selber! Ich schau halt zu gern den Dirndln nach. Das könnt ich nicht lassen, auch dann nicht, wenn ich verheiratet bin. Und schon wär bei dir der Teufel los!" Er lachte halb leichtsinnig, halb entschuldigend, sagte achselzuckend: „Ja! So ist es halt!"
Nanni war froh, dass es dunkel war. So konnte er sehen, wie sie litt unter seiner Herzlosigkeit.
Sie spürte, dass sie taumelte.
„Ich muss gehen", sagte er jetzt, „ich möcht morgen früh ein Gamsei schießen, ein Gamsei!"
Nanni erwiderte kein Wort.
Ihr Schweigen irritierte ihn. Um vieles sanfter versprach er: „Ich rühr mich wieder! Ich hab mich ja immer gerührt!"
„Ja, das ist wahr", gab Nanni zu.

Er wandte sich zum Gehen: „Also, behüt dich Gott!"
„Behüt dich Gott, Girgl!"
Nanni ging müden Schrittes zurück zum Hof.

Der Vater war neben dem Bett gestürzt und hatte sich an der Schulter weh getan. Die Mutter und der Hardl betteten ihn zurück.
„Wo treibst du dich denn allweil umeinander?", fragte hernach die Bäuerin ihre Tochter. „Fremde Leut müssen einem helfen, weil du nicht zum Derlangen bist!"
Nanni senkte beschämt den Blick.
Als die Mutter die Stube verlassen hatte und hinauf in die Kammer gegangen war, starrte Nanni auf die Tischplatte nieder. Sie sah nicht nur die Kerben in dem Ahorn, sondern auch das Gesicht Girgls.
Sie beneidete ihn. Wie verschieden, grundverschieden ihrer beider Leben doch geworden war. Durch des Vaters Krankheit war es für sie zu einer Kette von sorgenvollen Tagen und Wochen geworden, und er, der Girgl, ging seinem Vergnügen, seinen Leidenschaften nach. Frönte ihnen bedenkenlos.

Es war am nächsten Vormittag, als Nanni gerade die Wäsche auf den Strick hängte. Ein fahles Morgenlicht herrschte, auf den Feldern lag der erste Reif dieses Herbstes, graue Wolken lagerten über

dem Westerberg. Doch auf den angeschneiten Höhen der Brecherspitze lag die Sonne und ließ sie in majestätischem Weiß erstrahlen.
Nanni schaute hinauf zum Fenster, hinter dem der Kranke lag.
Ein Schauer lief ihr über den Körper und sie glaubte es mit einem Mal zu wissen: Der Vater wird sterben.
Sie ließ das Wäscheschaff stehen und rannte zurück ins Haus.
Sie fand die Mutter in der Küche.
„Mutter, ich hab so Angst, der Vater könnt nimmer gesund werden!"
Im nächsten Augenblick saßen sie nebeneinander auf der Küchenbank und weinten bitterlich.
„Ich hab mir auch schon Gedanken gemacht", gestand die Bäuerin nach einigem Schweigen. „Auch darüber, was wir dann tun, wenn der Vater nimmer ist. Mit der ganzen Arbeit, mein ich! Wir zwei allein! Der Hardl fängt mit seiner Lehr an …"
Nanni hat sich etwas gefasst. „Ach Mutter, vielleicht wird der Vater doch wieder gesund? Das war jetzt nur so eine Stimmung in mir, eine Vorahnung, die aber nicht eintreffen muss. Ich hab wieder Hoffnung!"
Sie erhob sich und ging zur Tür: „Ich schau jetzt hinauf zu ihm!"
Nanni betrat die Kammer des Kranken. „Gut Morg'n, Vater!"
„Gut Morg'n!", murmelte der Bauer.

Nanni richtete dem Kranken die Kissen, dann trat sie ans Fenster. Durch die Äste des Wandbaums schaute sie hinaus auf die Felder, die den Hof umgaben. Ein Gefühl tiefer Dankbarkeit durchströmte sie.
„Vater“ – sie wandte sich in die Kammer zurück – „ich dank dir! Ich dank dir, dass du alles so gut zusammengehalten hast, dass du uns die Heimat erhalten hast!“
Nanni wusste es, der Vater hatte für das Anwesen unzählige Opfer gebracht, seiner Lebtag die eigenen Bedürfnisse und Wünsche zurückgestellt, alles nur, um den Hof zu verbessern. Sein Leben lang hatte er äußerst pflichtbewusst gearbeitet und war wohl hart geworden dadurch. Eisern gegen sich selber und gegen andere.
Der Bauer gab ihr keine Antwort. Hatte er sie überhaupt gehört? Er hielt die Augen geschlossen. War er eingeschlafen?
Nanni wollte die Kammer verlassen, da machte der Vater den Mund auf: „Ja, du hättest ein schönes Machen gehabt!“
Er redete nicht weiter, doch Nanni kannte den Schluss des Satzes: „Wenn du dich nicht an den Bazi hingehängt hättest!“ Ja, das wollte der Vater mit dem Wort „hättest“ ihr sagen. Wollte er auch die Stunde nützen und ihr das Versprechen entlocken, sie würde ihrer Liebe entsagen?
Nanni warf dem Vater einen misstrauischen Blick hin. Ihr starkes Dankbarkeitsgefühl von vorhin wich plötzlich.

Ihr war es unmöglich geworden auseinander zu halten, ob es nur Schläue oder doch echte Sorge war, was den Vater so reden ließ. Ein deutlicher Unmut entstand in ihr.
Die Tür, die sie sonst stets ganz leise hinter sich geschlossen hatte, fiel laut ins Schloss.
Am Nachmittag erschien der Pfarrer. Die Bäuerin hatte ihn anschließend an das Gespräch, das sie am Vormittag mit der Tochter geführt hatte, geholt.
Der geistliche Herr unterhielt sich lange mit dem Kranken. Als er sich dann von der Bäuerin verabschiedete, sagte er: „Ich komme heute noch einmal und spende Ihrem Mann die Sakramente!"
Die Frau atmete auf. Der Kranke hatte sich bis jetzt geweigert, sie sich bringen zu lassen. „Ich brauch keinen Pfarrer", hatte er abgewehrt, wenn die Bäuerin ihn darum gebeten hatte, er solle doch den hochwürdigen Herrn kommen lassen.

Betend knieten die Angehörigen während der heiligen Handlung am Krankenbett. Nanni weinte nicht, denn der Pfarrherr hatte ihr erklärt: „Die Sakramente, die Salbung mit dem heiligen Öl, sie werden den Kranken wieder aufrichten. Es ist schon mehrfach gewesen, dass ein solcher nach dem Empfang der Segnung wieder genesen ist!"
Nanni verließ als Letzte die Kammer. Rücksichtsvoll zog sie die Tür hinter sich zu.
Als ob der Herrgott sie für ihr Reuigsein belohnen hätte wollen, fand sie am Sonntag in der Früh einen Strauß Christrosen an ihrem Fenster.

Der Girgl? Er hatte die ganze Zeit her nicht kommen können, dafür aber einen Blumengruß ans Fensterkreuz gesteckt.
Mit behutsamen Händen stellte Nanni den Strauß in eine Vase.

Es gab keinen Feierabend mehr auf dem Hof. Die Stallarbeit dauerte länger, weil der Bauer dabei fehlte. Auch die kleineren Verrichtungen, die er allweil ausgeführt hatte, wie Späne schneiden, fielen jetzt seiner Frau und seiner Tochter zu.
Nanni suchte fichtene Scheite aus dem Holzkorb. Astfrei mussten sie sein, damit sie sich leicht spalten ließen. Die Bäuerin stemmte das Holz gegen ihre grobe Rupfenschürze, setzte das Messer an und schnitt, es war mehr ein Brechen, die Späne ab.
„Der Vater hat sich leichter getan damit!“, stellte die Frau fest.
„Ein Mannsbild hat halt doch mehr Kraft in den Händen!“, meinte die Nanni.
Ihre Unterhaltung wurde jäh unterbrochen. Es klopfte jemand an der Haustür. Nanni erkannte Hardls Stimme: „Lasst mich hinein, schnell!“
Nanni machte ihm auf. Das Dirndl schrie entsetzt auf: „Ja, wie schaust denn du aus?“
Der Bub humpelte an ihr vorbei in die Küche und ließ sich dort auf die Bank niederfallen.

Die Bäuerin schlug bei seinem Anblick die Hände über dem Kopf zusammen. Der Hardl war kaum mehr zu erkennen. Er hatte einen weitrandigen Hut auf, die Krempe hing tief ins geschwärzte Gesicht. Die Joppe war gewendet, so dass die Futterseite außen sichtbar geworden war. Vom Hosenbein tropfte Blut.

„Um Gottes Willen!", schrie die Bäuerin auf.

„Macht die Vorhäng gut zu, dass niemand hereinschauen kann", ächzte der Bub.

Nanni sprang um ein altes Leinentuch, riss eine Bahn davon ab und wickelte es dem Verletzten um die Wunde.

„Akkurat am Knöchel hat es mich erwischt", stöhnte der Hardl.

„Du bist beim Wildern gewesen!", sagte ihm die Bäuerin auf den Kopf zu. „Ich hab mir schon gedacht, dass du etwas Schlaues vorhast, weil du um drei schon Mist ausgeschoben hast!"

„Ja!"

„Erzähl jetzt!", forderte ihn die Frau auf.

Während ihm die Nanni gemeinsam mit der Mutter die Joppe auszog und das Gesicht von der Ofenschwärze säuberte, berichtete der Hardl einigermaßen gefasst: „Ich hab mich mit dem Jennerwein Girgl am Sagfleckl oben getroffen!"

Nanni horchte auf, als sie den Namen des Geliebten vernahm. „Wann habt ihr das ausgemacht?", wollte sie wissen.

„Am Sonntag nach der Kirch!" Er gestand noch weiter: „Da droben beim Sagfleckl hat der Girgl seinen Stutzen versteckt gehabt. Ich hab den meinen im Rucksack mitgetragen. Wir sind dann dem Alpbachtal zu. Es hat schon ein bissl angedunkelt, aber es war noch ein gutes Schusslicht da und um die Zeit geht das Wild aus seinem Unterstand heraus. Es ist auch nicht lang hergegangen, dann steht ein Rehbock vor uns! Ich hab den Jennerwein gefragt, ob er schießt. – ‚Nein, du!‘, hat er recht saugrantig gesagt. Er ist die ganze Zeit schon so z'wider gewesen und hat allweil Bedenken gehabt, dass es nicht gut 'nausgeht. Er spürt das, wenn die Luft nicht rein ist, hat er gesagt. – Ich hab gezielt und der Bock ist übern Abhang hinuntergekugelt. Wie ich ihn liegen seh, hab ich einen Juchezer 'tan! Der Girgl war neben meiner verschwunden. Wie wenn er sich in Luft aufgelöst hätt. Und gleich darauf hat's gekracht. Ich hab den Bock Bock sein lassen und bin davon. Hinter einer Felsplatten hab ich mich versteckt gehalten, bis es stockdunkel gewesen ist.“

„Und wann hast du es gespürt, dass du angeschossen bist?“

„Sofort! Bloß, Wehdam hab ich zuerst nicht viel gehabt, der ist aber dann gekommen!“

Der Bub tastete den Knöchel ab, seine Fingerspitzen färbten sich rot von dem Blut, das durch den Leinenstreifen hindurchsickerte.

„Das ist uns gerade noch abgegangen“, jammerte die Bäuerin.

„Jammern hilft nichts“, erkannte die Nanni, „der Hardl braucht Hilfe!“

„Wir können aber keinen Doktor holen, sonst sperren sie uns auch noch ein, wegen Hehlerei!“ Die Krankheit ihres Mannes und jetzt dieses Unglück – alles miteinander hatte die Frau überängstlich werden lassen.
„Du musst halt sagen“, riet Nanni dem Buben, „du hast dich selber verletzt!“
„Und wenn ihn der Jager, der auf ihn geschossen hat, erkannt hat?“, warf die Bäuerin ein.
„Haben ja wir den Hardl kaum erkannt“, erwiderte die Nanni.
Zusammen dachten sie sich eine Geschichte aus, die der Hardl dem Bader am nächsten Tag auftischten.

„Bub“, sagte der, „spar dir deine Lügen! Versprich mir lieber, dass du das Wildern sein lasst – obwohl, du wirst es eh lassen müssen, wahrscheinlich bleibt das Gelenk steif!“
Der junge Kerl machte eine Bewegung, als wollte er fliehen. Nanni fing zu weinen an. Die Bäuerin sagte: „Und so jung! Herr und Jesus, so blutjung!“
„Eh ich ein Krüppel werd, erschieß ich mich!“, kam es aus Hardls Mund.
„Das haben schon viel gesagt“, bemerkte der Bader.
„Aber ich tu's!“, trotzte der Bursch. „Sauber tu ich das!“

Nanni saß allein in der Stube. Die Mutter war ins Dorf gegangen, der Hof brauchte einen Knecht, denn der Hardl war heute für immer ausgezogen. Nanni hatte ihn zu seinem Onkel nach Miesbach

hinausfahren müssen. Der Bäuerin war von den Nachbarn eine neue Hilfe verraten worden.
Da, ein feines Picken am Fenster. Nanni erschrak, aber es war ein freudiges Erschrecken. Sie kannte sich sofort aus, der Girgl war draußen.
Diesmal führte sie der Hund durch die Dunkelheit hinüber zum Schuppen.
„Wie geht es ihm denn?“, fragte der Bursch nach der Begrüßung als erstes.
Nanni wusste augenblicklich, wen und was der Girgl meinte: den Hardl mit seiner Schussverletzung.
„Nicht gut! Die Mutter hat im Kalender nachgeschaut, das war ein ganz böser Tag, an dem ihm das passiert ist. Und deswegen heilt es nicht!“
„Eine saubere Sach!“ Verärgert, verbittert sagte es der Girgl. „Der Hardl ist ja so ein Depp! Einen größeren gibt es nimmer! Juchzt er, als wie wenn er auf dem Tanzboden wär. Ich hab mich so gegiftet, und hab mich auch gleich verzogen! Der Hardl ist dem Bock nachgesprungen und schon ist der Jager da gewesen!“
„Was hätt er tun sollen?“, fragte Nanni.
„Passen bis er sicher sein kann, dass keiner in der Näh ist. Und abwarten, bis es ganz dunkel ist!“ Der Girgl schimpfte weiter: „Und wenn es aufkommt, dann schiebt man mir die Schuld in die Schuh! Weil der Hardl noch so jung ist!“
Den Girgl musste die Sache arg drücken, denn er erkundigte sich: „Was tut er denn jetzt, der Hardl, wenn er nichts arbeiten kann?“

„Heut ist er zu seinem Onkel nach Miesbach. Da bleibt er, bis er in die Lehr kommt. Die letzten Tag her hat er allweil dem Vater Gesellschaft geleistet!"
„Ich bin ja grad so ein Depp", äußerte sich der Bursch, „weil ich den Grünling mitgenommen hab!"
„Sag so etwas nicht", bat die Nanni, „ich mag es nicht, wenn du über dich selber schimpfst und dir einen solchen Namen gibst!"
„Ist ja wahr auch!", ärgerte er sich. Er schaute auf ein fernes, unbestimmtes Ziel, dann sagte er: „Ja, ja, mit solchen Aufregungen, da vergeht dir alles!"
Nanni wollte ihn gern zärtlicher stimmen: „Ich dank dir auch für den schönen Strauß!"
„Was für einen Strauß?"
„Weißt du das schon nimmer? Den du mir ans Fenster gesteckt hast!"
Er zog die Luft ein und meinte gleichgültig: „Davon weiß ich nichts!"
„So?" Die Nanni sah sich ihrer kostbaren Vorstellung beraubt.
„Die wird dir halt der Auswanderer noch verehrt haben, ehe er zu den Wilden hinüber ist", wähnte er. „Vorige Woche muss er abgedampft sein mit dem Schiff!"
Nanni hörte es ohne Bedauern.
Drüben am Haus ging eine Türe. „Die Mutter ist heimgekommen, ich muss hinein!"
Der Abschied fiel kurz aus. „Ich rühr mich schon wieder!"
Sein Versprechen war zugleich ein Trost für das Dirndl. Sie umhüllte mit ihren Handflächen sein

Gesicht. Er ließ es geschehen, drängte jedoch: „Geh jetzt, sonst suchen sie dich noch!"
„Behüt dich Gott, Girgl!"
„Behüt dich!"
Sie nahm einen Arm voll Holz vom Haufen und trug ihn ins Haus. So umging sie die sonst unvermeidliche Frage, wo sie gewesen sei.

Die Bäuerin nahm sich das große, karierte Fransentuch von den Schultern. „Es ist gut, dass ich heute gegangen bin. Beim Leitner war einer von Gmund drüben da, der hat mir einen Baumeister verraten. Einen älteren, gesetzten Menschen, er war siebzehn Jahr auf einem Platz, aber mit der Zeit sind die Kinder hergewachsen auf dem Hof, jetzt braucht man ihn dort nimmer!"
„Den Hardl", antwortete Nanni, „hätten wir so und so nicht mehr lang gehabt!"
„Der Hardl", erinnerte sich jetzt die Bäuerin, „hat heut nicht einmal Behüt Gott gesagt zu mir, wie er fort ist. Sang- und klanglos ist er abgezogen und grad pressiert hat es ihm!"
„Er hat mir aber einen schönen Gruß an dich aufgetragen", sagte die Nanni.
„Trotzdem kommt mir das besonders vor!"
„Ach Mutter", meinte Nanni, „mach dir doch um das nicht auch noch Sorgen!"
„Recht hast, Dirndl, da könnt man allweil hin und her denken!" Sie wandte sich zur Tür: „Ich schau jetzt noch zum Vater hinein, dann geh ich in mein Bett!"

Sie kam zurück: „Nanni, setz noch eine Lauge an, morgen müssen wir unbedingt das Bettzeug vom Vater waschen!“

Als Nanni anderntags den Kasten öffnete, um Bettwäsche herauszunehmen, stutzte sie. Der kleine Lederbeutel, der stets unten am Kastenboden in der Ecke gelegen war, fehlte. Sie überlegte: Sollte sie es dem Vater vermelden? Würde der sich nicht aufregen?
Sie entschloss sich, es ihm zu sagen: „Vater, das Goldgeld ist nimmer da!“
Der Bauer, der die Goldstücke sein Leben lang als seinen Schatz gehütet hatte, sagte lediglich: „Ist es nimmer da?“
Die Tochter begriff die Zusammenhänge. „Du hast es dem Hardl geschenkt?“
„Warum“, trotzte der Vater, „ihr, du und deine Mutter, ihr habt noch genug von mir! Der Hardl ist jetzt ein armer Teufel. Er kann das Geld brauchen!“
Jetzt war es geklärt, warum es der Hardl so pressant gehabt hatte, dass er sich nicht einmal verabschiedete. Seine Eile war mehr eine Flucht gewesen!
„Hast du ihm wirklich alles gegeben?“
„Ja!“
„Das hättest du nicht tun dürfen“, meinte die Nanni in aufsteigendem Ärger. „Da sind auch die zwei Goldfuchsen dabeigewesen, die ich von meiner Taufpatin gekriegt hab!“
Der alte Mann zuckte zusammen, daran hatte er anscheinend nicht mehr gedacht gehabt.

Nanni überkam, als sie den Schrecken des Kranken bemerkte, sofort das Mitleid. Vielleicht war der Vater manchmal schon nicht mehr ganz bei Sinnen? Möglich auch, dass ihm der Hardl etwas vorgejammert hatte?

„Dann sagen wir zu ihm, er muss es wieder bringen!"

Der Vater bereute das Getane.

„Nein", erwiderte Nanni, „lass es ihm nur! Ich will es nimmer haben!"

Sie nahm die Waschschüssel vom Stuhl und verließ die Kammer.

Nanni verständigte die Mutter von dem Vorkommnis, denn die wusste natürlich auch von dem Gold. Die Bäuerin begann zu weinen. Sie sah es als eine Kränkung an. Wut erfasste sie auf den Hardl: „Zuerst hat er mir erbarmt, aber jetzt nimmer!"

„Mutter, du versündigst dich!"

Die Frau machte sich Vorwürfe: „Wie hab ich bloß so dumm sein können und den Vater mit dem Luderbuben allein sein lassen? Aber wer denkt an so etwas? Es ist fast nimmer zum Glauben!"

Nanni erinnerte sich. Wie oft hatte der Vater die Goldstücke auf dem Tisch in Reih und Glied ausgelegt und sich an ihrem Anblick erfreut. Darüber gewacht! Nicht einmal anlangen hatte man sie dürfen. Einmal hatte sie als Kind nach einer der schimmernden Münzen gegriffen, gleich war sie vom Vater daran gehindert worden: „Mit den Händen schaut man nichts an!"

„Schau, Mutter", tröstete Nanni die Schluchzende,

„das ganze Leben lang hat der Vater Angst gehabt, es könnt ihm gestohlen werden. Selber hat er es sich auch noch nie hernehmen getraut, weil er es als Notgroschen angeschaut hat. Also hat er bloß Sorgen gehabt damit. Und dir und mir wär es genau so gegangen!"

„Das kann man anschauen, wie man will!", entgegnete die Bäuerin. „Und ich vermut, dass es der Vater mit Fleiß getan hat, wegen dem Jennerwein, weil er den Hardl zum Wildern verleitet hat!"

„Verleitet hat er ihn nicht", widersprach Nanni.

Da stand plötzlich der Vater in der Küche. Ohne Hilfe, alleine hatte er sich die Schuhe, die Hose, die Joppe angezogen. Nur den Hut hatte er verkehrt auf.

Jetzt, weil er völlig angekleidet war, sahen seine Angehörigen es erst, wie elend er ausschaute.

Nanni sprang von ihrem Stuhl auf. „Vater, was tust du denn herunten?"

„Ich möcht, dass du einspannst und mich zum Hardl bringst!"

Nanni nahm dem Kranken den Hut vom Kopf.

„Vater", bat sie, „sei gescheit! Das Sitzen auf dem offenen Wagen, noch dazu bei dieser Kälte, das könnt dein Tod sein! Zumindest tätest du kränker werden, wie du schon bist! Geh wieder hinauf, ich versprech dir, ich fahre hinaus nach Miesbach und sag es dem Hardl, dass er kommen muss, weil du mit ihm reden möchtest!"

„Aber heut noch!", drängte der Bauer.

„Ja, jetzt gleich!"

Nach einigen Stunden war Nanni zurück. Der Hardl sei nicht daheim, hatte die Frau des Onkels zu dem Dirndl gesagt, und sie wisse auch nicht, wo er sei.
Es blieb der Nanni nichts übrig, als in Miesbach eine Botschaft zu hinterlassen.
Nanni beruhigte den Vater mit einer Notlüge. Der Hardl, sagte sie ihm, komme bestimmt am Ende der Woche. Vorher habe er keine Zeit.
Der Kranke musste sich mit dieser Nachricht zufrieden geben.

Zwei Tage später setzte der Tod dem Leiden des Bauern ein Ende. Wieder drei Tage danach fand die Beerdigung statt.
Nanni erfuhr, dass die Zeit nicht stehen bleibt und dass das Leben weitergeht. Und die Bäuerin sagte unter Weinen: „Wenn die schönen Tag vorbeigehen, dann werden schon die schlimmen auch vorbeigehen!“
Sie gingen langsam vorüber, dann aber wurden aus Tagen Wochen, aus Wochen wurde ein Monat.

❦

Sechs Wochen waren vergangen, als sich der Girgl und die Nanni wieder trafen. Nanni hatte, obwohl sie sich danach sehnte, ihn wieder zu sehen, Angst vor dem Stelldichein. Sie wusste es, sie war abge-

magert und sah blass aus. Diese Veränderung würde der Girgl sofort erkennen.
Es war dann auch so. Er musterte sie kritisch, abwägend.
„Girgl“, sagte Nanni entschuldigend, „du weißt, der Vater ist gestorben, das hat mich mitgenommen. Ich sag dir, es war grausam, ihn sterben sehen zu müssen. Die Mutter und ich sind die letzten Nächte an seinem Bett geblieben, aber wir waren alle zwei wie gelähmt! Wenn der Vater wirklich noch etwas gebraucht hätte, wir hätten uns schwer getan, es ihm zu geben oder etwas zu tun.“
Der Bursch hatte die zusammengekniffenen Augen in die Ferne gerichtet. „Ja, ja!“, sagte er nur.
„Wirst sehen“, tröstete Nanni schwach, mit wenig Überzeugungskraft, „wenn einmal eine Zeit vorbei ist, dann wird alles wieder anders!“
„Meinst?“, erwiderte er gedehnt. Er schien nicht daran zu glauben.
Nanni spürte es, es war kein wirklicher Zusammenhalt mehr da zwischen ihnen und sie hatte auch jetzt nicht die Kraft, den Schwung, das zu ändern. Die Krankheit des Vaters, sein leidvolles Sterben waren nicht spurlos an ihr, der Tochter, vorübergegangen. Das musste der Girgl doch einsehen!
Nanni schaute auf ihr Handgelenk nieder, auf den grünen Samtumschlag ihrer Jacke. Bewusst hatte sie heute das sonntägliche Gewandstück gewählt, aber der Girgl war nicht zu täuschen gewesen. Er hatte ihre bleichen Wangen gesehen und er verbarg seine Enttäuschung auch nicht.

„Wie geht es eigentlich dem Hardl?“, wollte er jetzt wissen.
„Eine Zeitlang“, antwortete die Nanni, „hat es hergeschaut, als ob er nimmer Zimmerer werden könnt und das Drechseln lernen müsst, aber jetzt ist er doch in Tölz droben. Sein Fuß ist geheilt! Das weiß ich alles von jemand anderem, zu uns kommt er ja nimmer, der Hardl!“
„Da bin ich froh, dass das noch einmal gut hinausgegangen ist!“
„Ja, da haben wir großes Glück gehabt“, erwiderte die Nanni.
Die Sache mit dem Hardl war ihre erste gemeinsame Sorge gewesen. Bindet den Girgl überhaupt noch etwas an sie?
Er wollte wissen: „Wer tut jetzt bei euch die ganze Arbeit? Du und deine Mutter allein?“
„Nein“, berichtete Nanni, „wir haben einen Knecht eingestellt, Korbinian heißt er mit Vornamen. Er hat zuerst in Gmund drüben einen Dienstplatz gehabt, aber weil auf dem Hof die Buben hergewachsen sind, deswegen ...“
„Brauchst mir nichts mehr zu erzählen“, unterbrach sie der Girgl, „den Loder kenn ich!“ In seiner rechthaberischen Art fügte er hinzu: „Das ist ein alter Spinner, das wissen sie überall!“
„Warum heißt du ihn einen Spinner?“
„Weil er an Geister glaubt und an Irrlichter und lauter so Zeugs!“, antwortete der Bursch verächtlich. „Und ein solcher gehört hinausgeschmissen, nicht eingestellt!“

„Er ist nicht unrecht“, verteidigte Nanni den Knecht, „allerdings, das geb ich zu, ein bissl abergläubisch ist er schon! Er hätt nämlich die Kammer vom Vater gekriegt, aber er ist in derselben Nacht noch ausgezogen. Er sagt, die Kammer wär noch bewohnt.“

„Was hab ich dir gesagt?“, trumpfte der Girgl auf.

„Aber“, gestand die Nanni, „ich halt es auch nicht aus in der Kammer. Mir läuft es kalt über den Buckel hinunter, wenn ich mich in ihr aufhalt, und der Mutter ergeht es ähnlich.“

„Weil er euch schon ganz damisch gemacht hat mit seinem Krampf!“, spöttelte der Girgl.

„Wir wollen den Pfarrer holen, damit er die Kammer ausweiht!“

Der Bursch langte sich ans Hirn.

„Girgl“, entschuldigte sich die Nanni daraufhin, „ich muss heim! Die Mutter und der Korbinian möchten heut noch wallfahrten gehen, nach Birkenstein! Sei mir nicht bös, wenn ich weg muss!“

„Ich hab heut sowieso keine Zeit“, entgegnete er. „Und es ist gescheiter, wir lassen ein paar Wochen verstreichen, bis wir uns wieder sehen.“ Er streifte ihre Gestalt mit einem schrägen Blick. „So wie es jetzt ist, hat es keinen Sinn!“

Keine halbe Stunde hatte ihr Zusammensein gedauert, dieses Wiedersehen, das sie so sehr herbeigewünscht hatte, nach allem, was geschehen war. Einmal wieder lächeln, wieder ein bisschen glücklich sein. Das hatte sie sich erträumt.

Des Burschen Zärtlichkeiten waren ausgeblieben.

Nanni schaute ihm nach, wie er sich Schritt für Schritt entfernte. Abwarten, dachte sie. Sich gedulden! Irgendwann würde sie ihn wiedersehen, und alles würde gut werden!

Das Dirndl schlug nicht den Weg zu seinem Daheim ein, es ging auf Schliersee zu. Die Mutter hatte ihm den Auftrag gegeben, die restlichen Sachen, die der neue Knecht besaß und die er beim Leitner eingestellt hatte, abzuholen und sie auf den Hof zu bringen.
Das war im Nu erledigt. Die Habseligkeiten waren in einer Pappdeckelschachtel verpackt im Hausgang gestanden.
Nanni musste, während sie die Schachtel schleppte, an ihre Unterredung mit der Lisl denken. Hatte die nicht gesagt: „Wenn der Girgl einmal alt ist, dann kann er seine sieben Zwetschgen in einer Schachtel von einem Platz zu andern schleppen, das ist alles, was ihm noch bleibt!“
Nanni verscheuchte die Gedanken. Nur jetzt nicht aus Enttäuschung so abscheulich über den Burschen denken, nicht auf solche bösen Worte hören. Keinerlei Missgunst nähren!
Als Nanni sich dem Hof näherte, flog ein großer, schwarzer Vogel mit misstönendem Schrei aus dem Birnbaum und schwang sich hinüber in die Krone der Linde. Der Vogel hatte sich in den letzten Monaten vor des Bauern Tod eingefunden und war jetzt immer noch da.

❦

Auf dem Stubentisch fand Nanni einen von der Mutter hinterlegten Zettel vor: „Wir haben heute eine Stunde früher im Stall angefangen. Die Küh sind gefüttert und gemolken, du brauchst ihnen grad mehr das Wasser geben und einstreuen."
Nanni verrichtete diese Arbeiten, sie ließ sich Zeit dazu, denn ihr war es bewusst, sie würde noch sechs Stunden allein bleiben. Die zwei Bittgänger konnten vor Mitternacht nicht zurück sein.
Mit der Stallarbeit fertig, wusch sie sich und setzte sich auf die Hausbank. Es litt sie nicht lange dort. Sie lockte den Hund: „Komm, Mädi, gehen wir ein wenig spazieren, wir zwei!"
Das Tier warf sich vor Freude auf den Rücken und zappelte begeistert mit den Läufen. Dann sprang es dem Dirndl voran den Berg hinan.
Oben am Kirchbichl setzte sich Nanni unter die beiden alten Eichen. Ihr Blick ging in die Richtung, in der sie am Nachmittag geweilt.
„So nah", ging es ihr durch den Sinn, „und doch so weit voneinander getrennt leben der Girgl und ich!"
Sie betrachtete die Eichenbäume, noch standen sie kahl. Ein paar Monde noch und sie würden wieder Blätter haben. „Was ist bis dahin?" Sie stellte sich vor, zu dem Zeitpunkt, zu dem die Eichen wieder grün sind, Gewissheit zu haben, und hoffte zugleich, dass diese Gewissheit sie glücklich machen würde.

Nanni fand keine Zeit mehr, weiter ihren Gedanken nachzuhängen, denn sie hatte bemerkt, daheim war jemand gekommen und derjenige suchte jetzt um den Hof herum.
Nanni lief den Berg hinunter, der Hund tollte mit lautem Gebell neben ihr her.
Die Lisl war es, sie hatte sich auf die Hausbank gesetzt und gewartet.
„Du bist es“, rief Nanni aus. „Ich war jetzt richtig gespannt darauf, zu erfahren, wer es ist!“
„Bald wär ich wieder gegangen“, erwiderte die Freundin, „aber ich hab es nicht recht glauben können, dass von euch gar niemand umeinander ist.“ Sie tätschelte den Hund: „Nicht einmal du!“
„Die Mutter und der Korbinian sind nach Birkenstein gegangen, sie kommen ganz spät zurück!“
„Dann können wir ja heut einmal ungestört ratschen?“, freute sich die Lisl.
„Ja!“ Nanni ahnte, was jetzt kam. Die Frage nach dem Girgl.
Etliche nebensächliche Sätze, die ihre Neugier verbergen sollten, kamen noch von der Lisl, dann überwand sie sich zu der Erkundigung: „Triffst du dich allweil noch mit dem andern?“
„Ja“, sagte die Nanni, „heut Nachmittag waren wir beieinander!“
„Du bist also noch nicht gescheiter geworden?“, begann die Lisl zu schimpfen.
„Nein“, entgegnete die Nanni, „und ich möcht es auch gar nicht werden.“
Die Lisl schüttelte missbilligend den Kopf: „Ich

versteh dich nicht, Nanni! Der Girgl schmiert dich ein ums andere Mal aus, jetzt hat er sich wieder an das Oberrissbauern-Marei hingemacht! Wie beim Krainsberger hinten die Kunkel gewesen ist, haben die zwei miteinander gesungen und getanzt und mit dem gleichen Löffel gegessen. Aber du lasst dir alles gefallen von ihm!"

Weil Nanni schwieg, ereiferte sich die andere: „Ich geb dir den guten Rat: Hau ihn weiter, bevor er dir den Laufpass gibt! Dann stehst du über ihm! Ha, ich wenn an deiner Stell wär, ich tät ihm heut noch den Tritt geben, den er schon lang braucht!"

„Lisl", antwortete Nanni mit gefestigter Stimme, „das tue ich nie! Wenn er mich nimmer mag, kann ich es nicht ändern, aber von meiner Seite aus kommt es zu keinem End!"

Dem Dirndl kam es auf einmal so vor, als ob ihm das Gerede mit der Freundin über den Burschen Unglück brächte, und es sagte: „Lisl, ich mag nichts mehr darüber hören! Jedes Mal, wenn wir beieinander gewesen sind und du über ihn geschimpft hast, ist es tatsächlich schlechter geworden!"

Die Lisl hatte sich erhoben. „Ich sag schon nichts mehr! Ich weiß es schon lang, dass ich bei dir an eine Wand hinred! Aber wenn er dich eines schönen Tages fallen lässt, dann brauchst mir nichts vorweinen. Jetzt hättest es noch in der Hand gehabt. Dann wärst du die Siegerin geblieben!"

„Die Siegerin", lächelte Nanni, „über was?"

„Gut Nacht, Nanni!"

„Gut Nacht!"

So recht es Nanni zuvor gewesen war, dass die Lisl sie besucht hatte, so froh war sie, als die Freundin jetzt aufbrach.
Heimlich zürnte sie der anderen auch. Was musste die ihr erzählen, dass sich der Girgl mit der Oberrissbauerntochter vergnügt hatte? Wer weiß, ob es überhaupt wahr ist? Und selbst wenn, dann hatte der Girgl das Mädchen bereits wieder vergessen. Er war ja mit ihr, Nanni, zusammen gewesen. Heute erst!
Eine spürbare Verstimmung herrschte nun zwischen den Freundinnen. Trotzdem begleitete Nanni die Lisl fast bis Hausham hinunter.
Allein ging Nanni auf ihrem Rückweg der gleichmäßig vor sich hin murmelnden Schlierach entlang, überquerte die Brücke und folgte dem Weg, der hinaufführte zum Hof.
Der Mond hatte sich von Westen herübergeschoben. Leuchtend, die Landschaft fast taghell machend, stand er über der Brecherspitze.
Eine kurze Zeit betrachtete Nanni die Mondnacht, dann wurde sie auch dessen überdrüssig. Sie ging hinein ins Haus und schaute auf die Uhr. Halb zehn war es erst! Sollte sie doch ins Bett gehen? Oder die Schachtel vom Korbinian ausräumen, damit sich das Gewand wieder aushängt?
Sie knüpfte die Schnur auf, mit welcher der Pappdeckel umwickelt war, und hängte Stück für Stück an den Gewandrechen. Morgen würde sie es ihm oben in seinen Kasten tun.
Am Boden der Schachtel lag ein Buch. Ihre Neugier

bewog sie es aufzuschlagen. „Für das Seelenheil der Verstorbenen", las sie. Etwas Unheimliches ging von dem schwarz gebundenen Band aus. Sie wollte ihn zurücklegen, doch dann besann sie sich eines anderen. Sie ging in die Stube, zündete ein Talglicht an und begann in dem Buch zu lesen. Große, schwarze Lettern füllten die Seiten.

„Wenn eine arme Seele nicht ihre Ruhe findet, tue man folgendes: In einer Vollmondnacht stelle man einen Spiegel auf einen Tisch oder eine Kommode, bringe rechts und links davon ein Kerzenlicht an. Alle religiösen Dinge, wie Weihbrunnkessel oder Rosenkränze, werden entfernt. Man betrachte sich unentwegt im Spiegel.

Der Verstorbene wird sich melden und durch ein Zeichen seinen Willen kund tun.

Man sollte nicht länger als eine Viertelstunde vor dem Spiegel verweilen, es sind schon Personen ohnmächtig geworden dabei."

Nanni ließ das Buch sinken. Ihr gruselte, sie spürte, wie es ihr kalt über den Rücken rieselte.

Aber heute war Vollmond! Und sie war allein!

Wann, vielleicht nie wieder würde es zutreffen, dass sich beide Voraussetzungen ergaben? Und, wäre es nicht gut zu erfahren, ob es eine Geisterbeschwörung tatsächlich gibt, oder ob der Inhalt des Bandes nur Aberglauben verbreitet?

Es könnte aber auch sein, dass sie, wenn sie den Mut dazu aufbringt, den Verstorbenen von seiner Seelennot erlösen kann!

Die Zeiger der Wanduhr rückten auf elf.

Nanni wurde immer unruhiger. Wie unter Zwang erstieg sie die Stufen der Stiege, die sie in den oberen Stock führte.
Vor der Tür, hinter welcher der Vater gestorben war, zögerte sie. Bis zum Hals herauf fühlte sie ihr Herz schlagen. Und dennoch betrat sie die Kammer, nahm den Spiegel von der Wand und stellte ihn auf den Kommodkasten. Dann entzündete sie zu beiden Seiten eine Kerze.
Sie nahm den Weihbrunnkessel, der an einem Haken neben der Tür hing, herunter und zugleich den aus rosaroten Glasperlen bestehenden Rosenkranz. Zuletzt holte sie sich einen Sessel, rückte ihn zurecht und setzte sich vor den Spiegel.
Das Mondlicht ergoss sich in die Kammer, im Gebälk krachte es hie und da.
„Wenn ich es nicht aushalte“, dachte Nanni, „dann lass ich die Sach sein!“
Doch sie hielt es aus. Zu ihrem eigenen Erstaunen wurde sie immer ruhiger. Jegliche Angst fiel von ihr ab. Unverwandt schaute sie in den Spiegel, ihrem eigenen Bild entgegen.
Lange Zeit tat sich nichts. Dann schien sich das Spiegelbild zu bewegen, zu verzerren.
Bald erkannte Nanni sich darin selbst, gleich darauf hatte es die Gesichtszüge ihres Vaters und verwandelte sich zu einer verzerrten Fratze. Dieser Wechsel wiederholte sich ständig.
„Vater“, flüsterte Nanni, „bist du da? Gib mir ein Zeichen!“
Die Lichter flackerten.

„Vater, findest du keine Ruhe?"
Nanni spürte jetzt mit aller Deutlichkeit, dass ihr Tränen über die linke Wange liefen. Sie hob die Hand und wollte die Zähren wegwischen, doch die Wange war trocken.
Die Tränen strömten, erreichten den Hals, aber die Finger, die nach dem Nass tasteten, fanden keines.
Die Zeit verrann. Das Gesicht im Spiegel wandelte sich stetig.
Nanni schob die Frage, die sie sich fürchtete zu stellen, immer wieder hinaus. Denn wenn sie den Vater fragt, ob sie vom Girgl lassen soll, und der Tote das durch ein Zeichen bejaht, dann kann sie ihm seinen Willen nicht tun.
„Vater", flehte Nanni angstvoll, um der gefürchteten Antwort wegen angstvoll, „du willst, dass ich mich vom Girgl trenn?"
Bange Sekunden, in denen nichts geschah, und die Tochter beeilte sich, die nächste Frage zu stellen.
Schnell weiter fragen, damit sich ja nichts mehr ergab, was darauf hindeuten könnte, dass der Vater von ihr die Trennung von dem Burschen wünschte.
Aber was noch fragen?
„Lorbeer", hatte der Korbinian einmal zu ihr gesagt: „Die Toten verlangt es nach Lorbeer!"
„Vater, sollen wir deiner in mehr Dankbarkeit gedenken? Dir restlos verzeihen, was du nach unserem Denken nicht recht getan hast?"
Aus Nannis rechtem Auge tropften jetzt echte Tränen. Sie verspürte es, ihr widerfuhr eine große Gnade.

Als die Zähren versiegten, erhob sie sich, löschte die Kerzen und hängte den Spiegel wieder an seinen Platz. Dann ging sie hinunter in die Stube. Ihrem Dafürhalten nach war, seit sie des Vaters Kammer betreten hatte, eine Viertelstunde vergangen. Ein Blick zur Wanduhr belehrte sie eines Besseren. Eine Stunde war sie in der Kammer gewesen, eine volle Stunde! Sie hatte Zeit und Raum vergessen.
Nanni versuchte das Geschehen zu deuten. Sie hatte das Bild der schmerzhaften Muttergottes vor Augen: Maria weint um ihren Sohn.
Hatten sie und die Mutter zu wenig um den Toten geweint? Die Mutter jammerte heute noch dem Goldgeld nach.
Und trug nicht sie, Nanni, es dem Verstorbenen heimlich nach, dass er sich zu Lebzeiten gegen den Girgl gestellt hatte?

Ein Schlüssel drehte sich im Haustürschloss. Die Mutter und der Korbinian waren da.
Die Bäuerin schaute das Dirndl verwundert an. „Du bist ja ganz anders wie sonst! So, als ob du etwas ganz und gar Außergewöhnliches erlebt hättest! Was ist denn geschehen?"
Ehe Nanni antworten konnte, räusperte sich der Korbinian und presste warnend die Lippen aufeinander. Zugleich nahm er das Buch an sich. Da schwieg Nanni.

Die Eichen auf dem Kirchbichl waren grün geworden, jetzt färbte der Herbst ihre Blätter bereits wieder gelb.
Nanni sah es mit Beklemmung im Herzen. Ein Frühling, ein Sommer waren vergangen, waren verrauscht. Eine innere Stimme sagte es ihr voraus, dass auch der Winter dahingehen würde, ohne dass sich in ihrer Beziehung zum Girgl etwas Wesentliches ändern würde.
Ihre Treffen waren selten geworden, der Bursch machte sich rar und das Dirndl hoffte und hoffte. Immer noch und immer wieder.
Einmal hatte sie dem Girgl schüchtern angedeutet, dass er ja jetzt auf den Hof kommen könne, weil er dem Vater nimmer auszuweichen hat.
Der Bursch hatte gemeint: „Freilich, dass die Leut sagen täten, jetzt, weil der Alt tot ist, trau ich mich hinauf!"
Nanni schrieb diese Antwort seinem angeborenen Widerspruchsgeist zu und seinem durch den Vater verletzten Stolz.
Als sie sich ein paar Tage danach, vom Dorf kommend, zur Nachtzeit dem Hof näherte, sah sie Licht hinter den Stubenfenstern brennen.
„Der Girgl ist da! Er ist gekommen!" Sie begann zu laufen.
Es war anders. Die Mutter hatte ihre Kammer aufgesucht und vergessen, das Licht in der Stube zu löschen.

Der Lichtschein, für die Nanni ein Hoffnungsstern, war mit einer bitteren Enttäuschung erloschen.

Nanni zog sich in ihrer Kammer oben sorgfältig an, um zum Girgl zu gehen, und machte dabei eine sonderbare Feststellung.
Die überschäumende, perlende Lust, die sie früher immer in sich gefühlt hatte, die riesige Wiedersehensfreude, wenn sie ihm entgegeneilte, war einem dumpfen Angstgefühl gewichen.
Ja, sie hatte Grund ihn zu fürchten, denn er war der Mensch, der Alleinige, der ihr die Lebensfreude rauben konnte.
Nanni nahm die Kette mit den Hirschgrandln aus der Schmuckschatulle. Sollte sie das Stück anlegen? Es war das einzige Geschenk geblieben, das sie von ihm erhalten hatte.
Aber hatte er sich ihr nicht immer selber geschenkt?
Sie legte die Kette wieder zurück ins Fach und verschloss die Schatulle.

Auf der Wiese, die Nanni auf ihrem Weg zum Girgl zu überqueren hatte, blühten die Herbstzeitlosen. Ein bisschen wehmütig blickte Nanni auf die blasslila Kelche.
Wie lange war es her, da hatte sie sich zu dem ersten Schneeglöckchen hinunter gebückt, seinen frischherben Duft eingesogen, so wie sie es jedes Frühjahr tat!

Der Bursch lehnte mit dem Rücken an einer jungen Tanne. Wie immer, wenn sie sich seiner Liebe nicht sicher war, peinigte sie sein überaus gutes Aussehen.
Er empfing sie mit einem Vorwurf: „Gestern auf d'Nacht bin ich oben bei euch gewesen, aber du bist ja schwerhörig! Da kann man pfeifen, wie man mag, und Steinerl an die Scheiben werfen. Der Hund hat gewinselt, dann hab ich mich wieder verzogen!"
„Ich war nicht da", erwiderte Nanni, „die Mutter und der Korbinian auch nicht. Wir sind allesamt in der Kirch gewesen, weil für den Vater eine Messe gelesen worden ist. Aber warum hast du nicht gewartet?"
Ihr tat es unsagbar Leid, dass sie nicht daheim gewesen war. Akkurat da, wo der Girgl endlich den Weg zu ihnen gefunden hätte!
„Bei der Kälte? Und ich bloß ein Jöpperl an!", erwiderte er. „Außerdem hätt es sich nicht rentiert, ich wollt dir nur für heut absagen, weil es mir zur Zeit so dick eingeht!"
„Auf d'Nacht auch noch?" Nanni fragte es gegen ihren Willen.
„Ja, da erst recht! Ich hab in Miesbach draußen zwei Wirt, die sich auf mich verlassen, dass ich ihnen das Wildbret bring. Und zur Zeit helf ich auch noch der Bäuerin im Stall, weil der Bauer eine Woch lang nicht daheim ist."
Nanni sann seinen Worten nach. Warum wollte er ihr absagen? Ein Verdacht stieg in ihr auf. Sie hätte

ja wieder heimgehen können, wenn er nicht zur Stelle war. Aber er wollte nicht, dass sie öfter wie notwendig gesehen wurde, wenn sie zu ihm ging. Warum und vor wem hatte er es zu verbergen, dass sie sich trafen?
„Akkurat gestern muss eine Kuh kälbern“, hörte sie ihn sagen. „Pfui Teufel, hat mir vor der Nachgeburt gegraust!“ Herausfordernd, so schien es ihr, schaute er sie an: „Nein, ich tät keinen Bauern abgeben!“
Nanni erschrak zutiefst.
Er hob die Schultern: „Ja, so ist es halt! Ich sag es noch einmal, ich könnt keinen machen!“
Nanni erblasste. Aus, dachte sie. Es ist also aus! Das war der Laufpass für sie. Er wird sie nie heiraten, sie braucht gar nimmer warten darauf. Wie einfach das ist, jemanden abzuhalftern!
Abzuhalftern! Wie dieses Wort wütete, brannte, weh tat, in ihrer Seele. „Lauf zu! Geh! Tu, was du magst!“
Sie stand wie versteinert, hörte es nicht mehr, was er zum Abschied sagte, sah nur, dass er die Hand hob und ging. Er ging, ohne sich umzusehen.
Dichter Nebel hatte sich gebildet. In den grauen Schwaden sah Nanni seine Gestalt sich entfernen, bis sie gänzlich entschwunden war.
Das Dirndl ging den Weg, den es gekommen, zurück. Überquerte das Feld mit den unzähligen Herbstzeitlosen, durchschlüpfte den Zaun, richtete sich wieder auf, tat Schritt für Schritt.
Jetzt war die gefürchtete Stunde da, die sie jahrelang

zu vermeiden gesucht hatte. Der Moment, der ihr Glück und ihren Stolz zerschlug. Sie fühlte sich weggeworfen, weggejagt.
Abgehalftert!
Um Gottes willen, wie sollte sie weiterleben? Woher die Kraft dazu nehmen?

Die Mutter und der Korbinian standen unter der Stalltüre und warteten auf die Kühe, um sie anzuhängen. Von allein trottete die Herde auf den Hof zu. Nur eine Kuh kehrte vor der Türe nochmals um. Nanni versperrte ihr mit ausgestreckten Armen den Fluchtweg.
Als die Leute und die Tiere in der Stallung verschwunden waren, warf sie sich neben dem Gartenzaun in das vergilbende Gras und barg den Kopf in den Händen.
Liegen bleiben dürfen, das wünschte sie sich. Bis der Regen kam, der Schnee, der Tod.

„Nanni!"
Als gehorsame Tochter hob sie das Gesicht. Ihre Augen fielen auf die Rosen am Zaun. Die Letzten dieses Jahres.
Nanni bemerkte ihre Farbe. Das Blassrosa, welches sie so liebte. Geliebt hatte, denn jetzt ließ sie die wundersame Zartheit des weißrosa Schimmers teilnahmslos.
Sie stand auf und wusste: Die Blumen haben keine Farben mehr.

„Da sieht man, was es ausmacht, wenn niemand beim Essen da ist!“ Nannis Mutter stellte die nicht einmal halb geleerte Stielpfanne mit dem Apfelschmarren beiseite.
Mit „niemand“ meinte sie die Nanni und sich selbst. Der Korbinian fehlte am Tisch, er war heute nach Tölz gefahren, um die Leonhardifahrt – sie findet immer am 6. November statt – als Zuschauer mitzuerleben.
„Und du“, tadelte die Frau ihre Tochter, „hast auch so gut wie nichts gegessen!“
Nanni schwieg zu diesem Vorwurf. Sie wollte es der Mutter nicht gestehen, dass sie sich alle Tage vor dem Ruf, zum Essen zu kommen, ängstigte. Sie hatte allen Appetit verloren und musste sich mühen, ein paar Bissen hinunterzubringen.
Ein besorgter Blick traf sie: „Du bist so käsig! Bist du krank?“
Nanni verneinte.
„Aber du hast doch etwas! Sonst bist allweil so ein frisches Dirndl gewesen und jetzt bist ohne Leben! Hängt es mit dem Loder zusammen?“
„Nein, Mutter, gewiss nicht!“
Ach, Nanni hätte sich der Frau, die sie geboren hatte, so gerne anvertraut, aber wie sollte sie alles ausdrücken, ihre Gefühle, ihre bodenlose Traurigkeit, ihr ganzes Unglück? Es gab keine Worte dafür.
Die Frau glaubte die Ursache für Nannis Verhalten

zu kennen. „Schau, Dirndl, den Vater machst du nimmer lebendig. Und er möcht es auch gar nicht, dass wir so um ihn trauern. Er hat allweil gesagt: Warum klagen, wenn einer stirbt? Wir folgen einander nach und das Leben geht schnell vorüber. Oft schneller, wie man meint!" Die Bäuerin erhob sich von ihrem Sessel. „Jetzt spülen wir ab, und dann gehe ich ins Dorf hinein und kauf ein bissl etwas ein. Und du brauchst auch nichts tun!" Zur eigenen Entschuldigung murmelte sie vor sich hin: „Andere täten sich einen schönen Tag machen und wir dürften arbeiten!"

Nachdem die Mutter gegangen war, zog Nanni einen alten Mantel an und ging an der Hausfront entlang hinter zum Wagenschuppen.

Das Wetter, in der Früh noch schön, hatte sich verschlechtert. Es regnete, das Dirndl suchte unter dem weit vorspringendem Dach Schutz. Ein kalter Wind ging, die Spitze des Wacholderstrauches bog sich wild und die Dachrinne spie ihr Wasser auf die Pflastersteine.

Nanni, die früher jede Jahreszeit geliebt hatte und jedem Wetter etwas Schönes abgewinnen hatte können, sah dem Ganzen gleichgültig zu. Neben dem Wissen, den Burschen verloren zu haben, hatte keine andere Regung mehr Raum in ihr.

Dass die Welt so grau sein konnte! Das Leben so aussichtslos! So eintönig!

Nanni hatte sich früher schon einmal, als ihr der Girgl Grund zu Zweifeln und zur Unsicherheit ge-

geben hatte, ausgemalt, was sie im Falle einer Trennung tun könnte. Was ihr bliebe!
Dann wollte sie alle Plätze aufsuchen, überall dort verweilen, wo sie einstmals mit dem Burschen glücklich sein hatte dürfen.
Nannis Sinn hat sich gewandelt. Sie mied jene Wiesen, mied den Bach, den Wald, alles, was einmal ihnen gehört hatte. Sie vermied es in die Richtung zu schauen, in der sie ihn wusste.
Nanni fragte sich, ob es ihr jemals gelingen würde, ihn zu vergessen. Immer wieder drängten ihre Gedanken zu ihm zurück, immer wieder entsann sie sich ungewollt aller Vorkommnisse bei ihren heimlichen Treffen, aller Einzelheiten ihres gemeinsamen Erlebens vom Tag des Kennenlernens bis hin zu der Stunde, in der er ihr zu verstehen gegeben hatte, dass er kein Bauer werden wollte.
Aus! Wie ein Schreckgespenst sah sie es in Gedanken immer wieder, wie seine Gestalt im Nebel, im Grau der Landschaft, im abnehmenden, fahlen Tageslicht sich entfernte und verschwand.
Der Wind hatte sich gedreht, ohne dass Nanni es bemerkt hatte. Erst als sie die Nässe auf ihrem Arm spürte und dadurch erschauerte, verließ sie den Schuppen.
In der Küche zog sie den feucht gewordenen Mantel aus, zündete im Herd ein Feuer an und hängte das Gewandstück über die Herdstange zum Trocknen.
Bald mussten die Mutter und der Korbinian heimkommen, beide wollten zur Stallzeit da sein.

Nanni dachte jetzt daran, wie sie den Girgl einmal ganz vorsichtig angetan hatte, mit ihr zum Tölzer Leonhardifest zu fahren.
Der Girgl hatte vorgegeben, keine Zeit zu haben, aber er hatte gesagt: „Das kommt alles noch!"
Und was war gekommen?
Sie ließ sich auf die Knie nieder. „Herrgott", betete sie mit verschlungenen Fingern, die Augen auf das Kreuz an der Wand gerichtet, „wenn du ihn mir schon genommen hast, dann hilf mir doch, dass ich ihn vergessen kann!"

❦

Gott erhörte ihr Gebet nicht. Er ließ sie leiden.
Ihre einzige Freude wurde, dass die freudlosen Tage vergingen, vergehen mussten. Nanni begrüßte die alle Tage früher einsetzende Dämmerung mit einem stillen, trotzigen Lächeln. Nur zu, nur zu, ihr sinnlosen Tage, ihr könnt gar nicht schnell genug vergehen!
Das Dirndl war, nachdem es in jener Mondnacht das Erlebnis in Vaters Kammer gehabt hatte, eine Zeitlang sehr fromm und glücklich gewesen. Hatte sich nicht an ihr ein Wunder vollzogen?
Jetzt haderte sie mit ihrem Herrgott. Er hatte es zugelassen, dass sie das Liebste verloren hatte, das Liebste von der Welt.
Sie spürte, sie würde krank werden, und eines

Abends wurde sie es. Ein Schüttelfrost überfiel sie, und sie schaute derart elend aus, dass die erschrockene Mutter den Korbinian um den Doktor schickte.
„Dem Herzen fehlt nichts", stellte der Arzt fest. „Es deutet auch nichts auf eine Krankheit hin. Ich lasse etwas zur Beruhigung hier!"
„Vielleicht hast du dich erkältet?", mutmaßte die Mutter. Sie hatte den vom Regen nassen Mantel überm Herdfeuer hängen sehen vor etlichen Tagen.
Nanni ahnte, woher die Krankheit rührte. Sie kam von der ungeheuren Aufregung der letzten Wochen. Von der maßlosen Enttäuschung, der sie nicht Herr wurde, und von der Anstrengung, das alles zu verbergen.
Der Doktor hatte der Kranken Ruhe verordnet. Selbst wenn er das nicht getan hätte, Nanni vermochte vor Schwäche nicht zu arbeiten, sie musste liegen bleiben.
In ihren halb wachen Fieberträumen sah sie sonderbarerweise immer den Unterschwaigerhof, sah den Girgl dort stehen und gehen. Gleichmütig, gleichgültig, ihrer nicht gedenkend.
Ob er es ahnte, wie sie um ihn litt!
Oh, er durfte es nie erfahren!
Die Dämmerung brach an, die Stallzeit war da. Nanni hörte, wie sich die eiserne Tür zur Tenne öffnete und schloss. Der Korbinian war dabei, das Futter durch das Heuloch zu werfen.
Nanni erreichten die Geräusche, für einen Augenblick horchte sie danach, dann kehrten ihre Gedan-

ken wie unter Zwang wieder zur Ursache ihres Leids zurück. Und sie sah erneut den Girgl, empfand seine ungeheure Gleichgültigkeit.
Immer dasselbe, immer dasselbe, diese Vorstellung war nicht zu verwischen. Es glich einer Marter.
Nanni bekam Angst, das Bild könnte für sie zur Wahnvorstellung werden, ja sie könnte noch im Irrenhaus landen.
Sie faltete die Hände und fing an zu beten. Das Gebet half ihr, ihre überreizten Nerven zu beruhigen, sie schlief endlich ein.

Nach etlichen Tagen Ruhe fühlte sich an besser. Sie stand auf, stellte sich ans Fenster und schaute hinaus.
Auf den Bergspitzen lag das Morgenlicht. Ihre Augen wanderten herüber zum Kreuzberg, weiter in die Richtung vom Unterschwaigerbauern. Dies tat sie bewusst, denn sie hatte erkannt, es half ihr nicht, die Wahrheit zu verdrängen.
Die Wahrheit?
Nanni hatte die Wahrheit gefunden. Der Girgl hatte sie nicht abgehalftert, nur auf die Seite gestellt. Er wäre wieder gekommen. Irgendwann.
Doch die Innigkeit in ihr, sie war tot.
Sie verspürte nichts mehr, keinen Groll, keine Sehnsucht. Gibt es ihn überhaupt, diesen Georg Jennerwein?
Ja, es gibt ihn und er muss so etwas wie ein Übermensch sein, denn einem anderen wäre es nicht gelungen, eine Liebe wie die ihre zu morden.

Von der Westenhofener Kirche kam Glockenklang heraus. Nanni trat vom Fenster weg. Sie kümmerte sich nicht darum, ob zu einer Hochzeit oder zu einer Beerdigung geläutet wurde.

Erst eine gute Stunde später, als eine Frauensperson im schwarzen Spenzergewand mit der schwarzen Schürze darauf das Weglein zum Haus heraufkam, erinnerte sich Nanni des Glockengeläutes.
Sie erkannte in der Näherkommenden die Lisl.
„Jetzt muss ich doch schon nachschauen, warum du dem Girgl nicht in die Leich gegangen bist!“ Ein Blick ungezügelter Neugier traf Nanni.
Nanni entfuhr ein unterdrückter Schrei, sie hielt sich am Zaun ein. „Der Girgl tot?“
„Sag bloß, du hast es nicht gewusst!“
„Ich bin krank gewesen“, erwiderte Nanni, „keiner hat mir etwas gesagt!“
„Derweil ist schon seit einer Woch nichts anderes mehr geredet worden!“
„Erzähl“, bat die Nanni erschüttert.
„Der Girgl ist seit dem sechsten November spurlos verschwunden gewesen. Zuerst hat man gemeint, er wär mit dem Oberrissbauern-Marei nach Tölz zur Leonhardifahrt. Das hat er nämlich mit ihr ausgemacht gehabt. Er war aber nicht droben mit ihr. Mit ihr nicht und allein auch nicht. Niemand hat ihn getroffen oben! Schließlich hat dann die Hennerer-Kellnerin ausgesagt, sie hätt ihn am sechsten November in aller Herrgottsfrüh der Bodenschneid zugehen sehen. Auf das hin haben seine Freund,

solche hat er ja genug gehabt, das Suchen nach ihm angefangen. Am Peißenberg, auf der Stillwies, haben sie ihn gefunden. Mit einem Loch am Buckel hint!"
„Ein Meuchelmord", murmelte Nanni. „Grausig!"
„Die Leut munkeln, dass es der Lechenauer gewesen ist, der den Girgl erschossen hat, aber andere, die mehreren sogar, glauben, der Pföderl!"
Die Lisl richtete sich zum Gehen. „Ich muss machen, dass ich heimkomm! Ich hab mich nur gewundert, weil du nicht in der Kirch gewesen bist. Die ganze Zeit hab ich geschaut, ob ich dich nirgends seh. Aber jetzt behüt dich Gott!"

Am Nachmittag, die Menschen, die dem Wildschützen in die Beerdigung gegangen waren, hatten sich verlaufen, betrat Nanni den Friedhof und spähte nach dem frischen Grab aus.
Zwei Frauen standen davor. Nanni zog sich zurück an das eigene, das Familiengrab. Sie bückte sich und nahm vom Buchs die welken Blätter weg, die der Wind herangejagt hatte.
Fünf Jahre war es her, da hatte Nanni auch so getan, als ob sie das Grab richte, damals war sie dann vorzeitig wieder heimwärts gegangen und der Girgl war ihr gefolgt.
Fünf Jahre! Zwanzig sich wechselnde Jahreszeiten.

Frühlinge, zartes Knospen, rosa aufschäumende Pracht, heiße, gewitterschwüle Sommer, zu Kupfer sich färbende Wälder, Sonnenglast, der Brunftschrei der Hirsche, die Winter, weiß und eisig. Und immer zwei Menschen in diesem Reigen, der Girgl und sie.

Nanni richtete sich aus ihrer gebückten Haltung auf. Der Zeiger der Kirchturmuhr rückte zitternd auf die dritte Nachmittagsstunde. Die Berge umstanden in lieblichem Halbrund die Friedhofsmauer, die das Leben vom Tode trennt.

Niemand befand sich jetzt mehr drüben vor dem Grabhügel und Nanni konnte Abschied nehmen vom Girgl.

Tannenzweige bedeckten die dunkle Erde. Die Sonne verlieh dem Grün Glanz.

Nanni hatte die Hände verschlungen und suchte eine Verbindung zu finden zwischen dem Toten und sich selbst.

Doch ihr Herz schlug nicht mehr für ihn.

Ihr Herz trauerte, nicht dem Fremden da unten weinte ihre Seele nach, es trauerte um den jungen, lebfrischen Girgl, um den Frühling ihrer Liebe, um die wundersame Zeit, die entflohen.

Die aber vorher schon schrittweise zurückgewichen war, vom Hellen, Lichten, Frohen ins Dunkle, Dumpfe.

Wann, sann sie, hatte das Ende dieser innigsten Liebe begonnen? Damals schon, als er sie in seinem Leichtsinn das erste Mal verletzte? Ihr so grimmig weh getan hatte? „Schau nur du auf dein Ross!“

Nanni wusste es nicht. Sie wusste auch nicht, ob dieses Gefühl der Leere für immer in ihr bleiben oder ob die verschüttete Seligkeit noch einmal aufleben würde? Irgendwann!
Nichts wusste sie als nur, dass sie einmal unsagbar glücklich gewesen war.
Nanni lächelte: „Und dafür dank ich dir, Georg Jennerwein!"